La bibliothèque Gallimard

Sources des illustrations
Couverture : Le Pérugin, *Le mariage de la Vierge* (détail), Musée des Beaux-Arts, Caen.
Photo © Bridgeman-Giraudon.
Gallimard/J. Sassier : 9.
RMN/T. Ollivier : 137.
Roger Violet : 14, 57, 140, 213.

© Éditions Gallimard, 1983, pour *Les Rois mages* (Folio junior n° 280), 2003, pour l'accompagnement pédagogique de la présente édition.

Michel Tournier

Les Rois mages

Lecture accompagnée par
Pascale Natorp
agrégée de lettres classiques,
professeur au collège Lucie-Faure
à Paris

La bibliothèque Gallimard

Florilège

« Comme ses parents, comme ses épouses, comme tout son peuple, Gaspard était noir, mais il ne le savait pas, n'ayant jamais vu de Blanc. » (« Gaspard de Méroé »)

« Était-il donc possible que l'amour, au lieu d'être source de douceur et de tendresse, mène à tant de sang et de souffrances ? » (« Gaspard de Méroé »)

« Balthazar fit construire un musée plus beau que son propre palais qu'il appela le *Balthazareum*. » (« Balthazar »)

« Ce n'est qu'un petit enfant né dans la paille entre un bœuf et un âne, dit l'un, pourtant une colonne de lumière veille sur lui et atteste sa majesté. » (« Balthazar »)

« Moi qui déteste le sel, je suis obligé de constater cette vérité stupéfiante : le sucré salé est plus sucré que le sucré sucré. » (« Taor de Mangalore »)

« – Le rahat loukoum… Dis-moi, Cléophante, sais-tu ce qu'est le rahat loukoum ? […]
– Sache donc que le rahat loukoum est une friandise noble, exquise et savante qui ne serait pas à sa place dans la bouche d'un misérable comme toi. » (« Taor de Mangalore »)

Ouvertures

Qui est Michel Tournier ?

Michel Tournier est né à Paris en 1924. Ses parents sont de grands admirateurs de la langue et de la culture allemandes et transmettent à leurs enfants leur amour pour ce pays, sa littérature et sa philosophie.

Michel et la solitude
Le jeune Michel n'est pas tout d'abord passionné par les études. Il a particulièrement horreur des mathématiques et se fait renvoyer d'un certain nombre d'établissements. L'école est donc pour lui une expérience désagréable ainsi que le séjour, à sept ans et pour des raisons de santé, dans un établissement loin de sa famille. S'il est beaucoup question de solitude dans l'œuvre de Tournier, c'est peut-être qu'il en a fait très tôt l'expérience.

L'ombre de la guerre
Pendant la Deuxième Guerre mondiale, les troupes allemandes occupent une partie de la France. Des militaires allemands s'installent dans la grande maison des Tournier à Saint-Germain-en-Laye. La cohabitation avec l'occupant est bien difficile. C'est encore une ombre sur l'enfance de Tournier.

Le coup de foudre pour la philosophie
Tout change pour le jeune homme de dix-sept ans quand il entre en classe de terminale au mois d'octobre 1941. Il découvre la philosophie, et c'est le coup de foudre : c'est cela qui le passionne, qu'il veut étudier. Il poursuit brillamment des études supérieures de philosophie, puis, la guerre finie, il part quelque temps en Allemagne. À son retour, il se présente à l'agrégation de philosophie, mais sans succès. Plutôt que de tenter sa chance l'année suivante, il claque définitivement la porte de l'Université et renonce à devenir professeur.

De la philosophie à l'animation radiophonique
Rien, au départ, raconte-t-il, ne le destinait à la littérature : après des études poussées de philosophie, qui ne furent pas couronnées par le succès attendu au concours de l'agrégation qui l'aurait consacré professeur, il s'est trouvé par hasard à faire des émissions pour la radio. C'est pour le jeune étudiant une expérience à la fois très enrichissante et tout aussi frustrante : les auditeurs sont loin de lui et il lui semble que la radio isole les gens les uns des autres, parce qu'elle remplace les échanges qu'ils peuvent avoir entre eux par des relations illusoires de proximité avec des vedettes ou des personnages célèbres qui ne font pas partie de leur vie.

De la radio à la littérature : il deviendra romancier !
Insatisfait de cette relation avec les auditeurs, le jeune homme aurait voulu trouver un moyen de communication lui permettant de s'exprimer et de rendre compte de la vie, dans un partage et un échange vivant d'émotions. Plutôt que d'être complaisant vis-à-vis du public – à travers la publicité, par exemple – comme il l'avait trop souvent vu faire, lui, voulait accomplir quelque

chose d'enrichissant. C'est dans l'écriture, il le sent, qu'il pourra réaliser son vœu : il deviendra donc romancier.

Comment rester néanmoins philosophe ?
La philosophie, ne l'oublions pas, a fait partie de ses premières amours ! C'est alors que se posent de nouvelles questions : comment raconter des fictions, devenir romancier, sans pour autant renoncer à être philosophe ? Comment concilier une œuvre littéraire et la réflexion philosophique ? Comment écrire sur le modèle de ses écrivains préférés (Jules Renard, Colette, Henri Pourrat, Chateaubriand, Jean Giono ou Maurice Genevoix) des histoires romanesques qui ne seraient pas en deçà de la réflexion et de la portée rigoureuse des œuvres des grands philosophes comme René Descartes, Spinoza, Leibniz ou Emmanuel Kant ?

Michel Tournier raconte qu'il a cherché longtemps une solution, désespérant même souvent d'y parvenir, tant l'un et l'autre lui semblaient inconciliables. Pourtant il explique que, grâce au mythe, il a pu sortir de cette impasse et construire un pont entre le romanesque et le philosophique.

Mais qu'est-ce qu'un mythe ?
Une histoire fondamentale – Michel Tournier le définit ainsi : « C'est une histoire fondamentale », c'est-à-dire une histoire qui donne naissance à d'autres histoires. C'est « un édifice », dit-il, à plusieurs étages qui reproduisent tous le même schéma, mais à des niveaux d'abstraction croissante : c'est toujours la même histoire que tout le monde peut lire mais dont la portée diffère selon que le lecteur se trouve au « palier » de l'enfance ou à celui de la philosophie.
Une histoire connue de tous – L'écrivain le définit aussi par le

fait que cette histoire est connue de tous et que, grâce à elle, les hommes se forgent leurs émotions et leurs sentiments les plus profonds. S'il n'y avait pas de mythe, nous n'aimerions pas comme nous aimons et nous ne ressentirions pas les choses comme nous les ressentons.

Une matière vivante – Le mythe existe enfin comme un être vivant : il a besoin d'être irrigué et pourrait mourir, s'il n'était pas renouvelé au cours du temps. C'est donc la fonction de l'écrivain d'empêcher que le mythe ne meure, à la façon d'un musicien qui ferait un arrangement d'une ancienne mélodie célèbre pour que nos oreilles d'aujourd'hui puissent encore l'entendre et l'apprécier. Son œuvre sera donc créée à partir des mythes, que tous nous partageons et qui font partie de notre culture. Ses tiroirs commencent alors à se remplir de manuscrits.

Un écrivain reconnu

Célèbre à quarante-trois ans

En 1967, Michel Tournier a quarante-trois ans et il publie son premier livre : *Vendredi ou Les limbes du Pacifique*, fondé sur le mythe de Robinson. C'est immédiatement le succès pour un écrivain dont on ne connaissait même pas le nom l'année précédente ! À partir de là, il décide de consacrer sa vie à la littérature. En 1970, *Le Roi des Aulnes* (où il décline le mythe de l'ogre) obtient le Prix Goncourt, récompense littéraire la plus prestigieuse de France… Bien d'autres romans suivront, tous créés à partir d'un fond mythique : en 1975, *Les Météores* traite de la gémellité ; en 1980, *Gaspard, Melchior et Balthazar* visite tous les grands mythes chrétiens. Ainsi, si Michel Tournier n'est pas vraiment l'« auteur » de ses histoires, au sens où il n'invente pas

Ouvertures

le mythe, on peut dire de lui qu'il est véritablement l'écrivain de l'écriture.

Une œuvre pour les grands et les petits : la réécriture
Travaillant sur une matière mythique concernant aussi bien les grands que les petits, il n'est pas étonnant que Michel Tournier écrive aussi pour la jeunesse et c'est encore une spécificité de son œuvre que de réécrire, pour les enfants, des histoires racontées pour les adultes. Ainsi, en 1971, *Vendredi ou Les limbes du Pacifique* deviendra *Vendredi ou La vie sauvage* et, en 1983, *Gaspard, Melchior et Balthazar* nos *Rois mages*. Cela n'empêche pas, bien sûr, Michel Tournier d'écrire aussi des livres uniquement destinés aux enfants, et il ne sera pas non plus interdit aux

adultes de lire, par exemple, les *Sept Contes* ou *Pierrot et les secrets de la nuit*…

Le solitaire de la vallée de Chevreuse
Michel Tournier vit aujourd'hui en solitaire – mais pas en misanthrope ! – entouré de ses chats, dans la compagnie des enfants du village qui viennent lui rendre visite, dans sa grande maison de la vallée de Chevreuse où il rassemble patiemment toute la documentation dont il a besoin avant de se mettre à écrire.

Quatre questions à Michel Tournier
« *Comment vous est venue l'envie de devenir écrivain ?*
Je crois que ça a été mon admiration pour les livres : ceux de Jack London, de Rudyard Kipling, de Jules Verne…

Quand et où travaillez-vous ?
Je pourrais presque répondre : 24 heures sur 24 ! Je pense sans arrêt à mon travail, même la nuit, et, parfois le matin, certains points se sont éclaircis…

Combien de temps mettez-vous pour faire un livre ?
Environ cinq ans. Deux à trois pour rassembler la documentation.

Quels conseils donneriez-vous à un enfant qui veut devenir écrivain ?
D'abord qu'il lise, qu'il lise beaucoup, qu'il se gave de lectures. On n'a jamais vu d'écrivain qui n'ait été d'abord un lecteur forcené. Et puis, la lecture, ça rend heureux et intelligent ! Et ensuite qu'il écrive. Beaucoup, tous les jours. Qu'il tienne un journal et note ce qu'il a glané, vu, écouté, observé tout au long de la journée. Quand on écrit tous les jours, on s'aperçoit qu'on écrit de mieux en mieux… »

Ouvertures

Les Rois mages dans la Bible

Nous avons vu dans l'introduction que Michel Tournier écrivait ses récits à partir des mythes, d'histoires connues de tous. Dans le livre que vous allez lire, il s'inspire tout au long des pages d'histoires et de faits consignés dans la Bible. Ainsi ces Rois mages, dont vous portez la couronne le 6 janvier si la fève se trouve dans votre part de galette, savez-vous, par exemple, que c'est dans la Bible que, pour la première fois, on en a fait mention ? Pour bien apprécier le livre que vous avez entre les mains, il n'est peut-être pas inutile de faire un petit détour par la Bible.

La Bible, qu'est-ce que c'est ?
L'origine du mot – Le mot « bible » vient du mot grec *biblion*, qui signifie « livre ». Il dérive de Byblos, le port phénicien antique où l'on traitait le papyrus (*byblos*) avant de l'exporter vers la Grèce. Dès le IIe siècle avant Jésus-Christ, les juifs d'Alexandrie désignent ainsi la « Loi de Moïse » (Pentateuque), qu'ils appellent aussi « Écriture ». Au Moyen Âge, le pluriel *ta biblia*, « les livres (saints) », donne en latin le féminin singulier *biblia*. D'où le français « bible ».
La mémoire de plus d'un millénaire – La Bible est donc une sorte de bibliothèque qui regroupe des livres écrits à des époques diverses s'étendant sur plus d'un millénaire, par différents auteurs (anonymes ou non), en plusieurs langues (l'hébreu, l'araméen et le grec) et qui sont composés de types de textes distincts : textes historiques, poèmes, lettres, contes… Étudions de plus près sa structure.
Ancien et Nouveau Testaments : Bible juive et Bible chrétienne – La Bible se divise en deux « Testaments » : l'Ancien et le Nouveau. « Testament » veut dire en hébreu « alliance ». L'al-

liance, c'est l'anneau que portent au doigt le mari et la femme, mais c'est aussi un gage de paix et d'union entre deux familles, deux groupes, deux États. La Bible parle de l'alliance de Dieu avec son peuple : Israël (le Peuple de Dieu), mais aussi avec tous les hommes et toutes les femmes, de tous les temps.

Les chrétiens distinguent l'ancienne et la nouvelle alliance car, pour eux, Dieu a conclu une première alliance avec Abraham et le peuple hébreu, racontée dans l'Ancien Testament, puis une seconde alliance, racontée dans le Nouveau Testament, avec l'ensemble des hommes, à travers Jésus-Christ. Les juifs, quant à eux, ne reconnaissent pas le Nouveau Testament qui parle de Jésus comme fils de Dieu.

Ainsi, pour ce qui nous concerne, l'épisode des mages qui vont rendre hommage au bébé Jésus, comme étant le fils de Dieu, ne peut que se situer dans le Nouveau Testament. Ce qui n'empêche pas notre auteur de faire bien des allusions dans tout son texte à des épisodes de l'Ancien Testament, comme nous le verrons par la suite. C'est pourquoi voyons rapidement comment s'organisent les deux Testaments, afin de mieux situer nos épisodes ultérieurs.

L'organisation de l'Ancien et du Nouveau Testaments – L'**Ancien Testament** regroupe plusieurs livres. Les cinq premiers livres, la **Genèse**, l'**Exode**, le **Lévitique**, les **Nombres** et le **Deutéronome,** présentent les origines de l'humanité. Ils racontent également l'histoire des patriarches, les ancêtres du peuple de Dieu, puis le récit de sa sortie d'Égypte, de la traversée du désert et de la venue en Terre promise. C'est aussi la réception de la loi de Dieu sur le mont Sinaï. Les héros de ces épisodes sont **Adam, Abraham, Isaac**, **Jacob**, **Joseph** puis **Moïse**.

Les livres historiques, **Livres des Juges**, **de Samuel** et **des Rois** racontent l'histoire d'Israël en Terre sainte. Ce sont des livres qui donnent beaucoup de détails sur les événements et les personnages. **Samuel**, **David** et **Salomon** sont les plus célèbres.

Les livres poétiques et de Sagesse, comme les **Psaumes**, le **Cantique des Cantiques**, **Job**, les **Proverbes**, les **livres de Sagesse** sont des livres écrits dans des styles différents et qui sont, pour certains d'entre eux, des prières sous forme de poème que l'homme adresse à Dieu.

Les livres des prophètes sont les livres des hommes inspirés par Dieu et qui disent parler en son nom. Parmi les seize prophètes, Isaïe, Ézéchiel et Daniel sont les plus célèbres.

Le **Nouveau Testament**, lui, est constitué des quatre Évangiles, mot qui signifie en grec : « bonne nouvelle ». Ce sont les témoignages de quatre disciples de Jésus : Matthieu, Marc, Jean et Luc, qui rapportent ses paroles et ses actions. Il contient également les **Actes des Apôtres** qui racontent l'histoire des premières communautés chrétiennes ainsi que des lettres (épîtres) de Paul, Jacques, Pierre et Jean à des églises ou à des personnes. L'**Apocalypse** est le dernier livre de la Bible.

Les mages dans l'Évangile selon Matthieu

Nous avons vu que les mages apparaissent pour la première fois dans le Nouveau Testament, très exactement dans l'Évangile de Matthieu qui évoque, avec l'évangéliste Luc, les circonstances de la naissance de Jésus. En voici le récit :

« Après la naissance de Jésus à Bethléem de Judée, sous le règne d'Hérode, des mages venus d'Orient se présentent à Jérusalem. « Où est le roi des Juifs, qui vient de naître ? demandaient-ils. Nous avons vu son étoile en Orient, et nous sommes venus lui rendre hommage. » Le roi Hérode s'émut à cette nou-

À Ravenne, en Italie, on peut voir de splendides mosaïques représentant les trois mages. Regardez attentivement et vous trouverez leurs noms, et donc le présent qu'ils tiennent dans leurs mains. Par rapport à la tradition, quelque chose vous surprend-il ?

velle et tout Jérusalem avec lui. Il convoqua tous les grands prêtres et les scribes du peuple, et s'enquit auprès d'eux de l'endroit où devait naître le Christ. « C'est à Bethléem de Judée, lui dirent-ils ; voici l'oracle du prophète : Toi, Bethléem, terre de Judée, tu n'es sûrement pas la moindre parmi les cités de Judée : c'est de toi que va sortir le chef qui doit gouverner mon peuple, Israël. » Hérode fit alors venir les mages et se fit préciser par eux la date où l'astre était apparu ; puis il les dirigea sur Bethléem : « Allez prendre des informations précises sur cet enfant, leur dit-il. Quand vous l'aurez trouvé, faites-le-moi savoir, afin que j'aille lui rendre hommage à mon tour. » Sur ces mots du roi, ils se mirent en route. Et voici que l'étoile, qu'ils avaient aperçue en Orient, se mit à les précéder jusqu'à ce qu'elle vînt au-dessus de l'endroit où se trouvait l'enfant. L'apparition de l'astre les avait remplis d'une joie profonde. Ils entrèrent dans la maison, trouvèrent l'enfant avec Marie, sa mère, et lui rendirent hommage en se prosternant devant lui. Puis ils ouvrirent leurs bagages et lui offrirent en présent de l'or, de l'encens et de la myrrhe. Mais ils reçurent en songe l'avertissement divin de ne pas retourner auprès d'Hérode, et regagnèrent leur pays par une autre route. **»**

Contexte historique et géographique de l'histoire des Rois mages

À l'époque des faits relatés par Matthieu, l'Orient (aujourd'hui le Moyen-Orient) était sous domination romaine. Jésus naquit (entre -6 et -4 avant notre ère) à Bethléem, en Palestine, alors gouvernée par Hérode le Grand, sous le règne de l'empereur Auguste. Jésus passa sa jeunesse à Nazareth, petite ville de Galilée, dans le nord de la Palestine. Vers l'âge de trente ans, il rejoignit en Judée, sur les rives du Jourdain, un groupe animé par Jean le Baptiste. Accusé de comploter contre l'empereur Tibère, il fut livré à l'autorité romaine, puis crucifié (en avril 30 ou 33) par le procurateur romain, en Palestine, Ponce Pilate. Vous pouvez localiser tous ces lieux sur une carte de l'Orient ancien et sur la carte de la Palestine au temps de Jésus située ci-contre.

La portée du mythe chrétien

La première légende sainte – Matthieu, par son récit, s'inscrit dans le genre littéraire que les juifs appellent « Haggadah » ou « récit » et il inaugure la tradition chrétienne de la légende sainte, c'est-à-dire de l'hagiographie. Il s'agit d'un texte rédigé à partir de traditions populaires sur la vie d'un personnage exemplaire. Le fond (la naissance de Jésus) et le cadre (le règne finissant d'Hérode) des événements n'en correspondent pas moins, comme on l'a vu, à l'histoire. Mais la visée première est l'édification du peuple, c'est-à-dire son enseignement. Pourquoi donc l'évangéliste a-t-il écrit ce récit ?

Un mythe catholique – Si des étrangers se déplacent des endroits les plus éloignés du monde pour rendre hommage au fils de Dieu, cela signifie, dans le sentiment religieux chrétien et catholique, que l'Enfant Jésus n'est pas seulement venu sauver les juifs mais que sa naissance concerne tous les hommes. Cela veut dire aussi qu'Israël n'est pas le seul peuple élu de Dieu mais que tous les peuples le sont également. Cette première manifestation de la Divinité à tous les hommes, les chrétiens l'appellent « Épiphanie », du grec *phanein*, qui signifie : « montrer ». L'Épiphanie est catholique au sens où « catholique » signifie, en grec, « pour tous ».

Un mythe œcuménique – Les mages sont des sages et des savants astronomes dans la Babylone antique, en Assyrie, puis dans l'Empire perse. Que ces hommes de science, ces étrangers, venus des confins de la terre habitée, viennent s'agenouiller

LA PALESTINE AU TEMPS DE JÉSUS-CHRIST

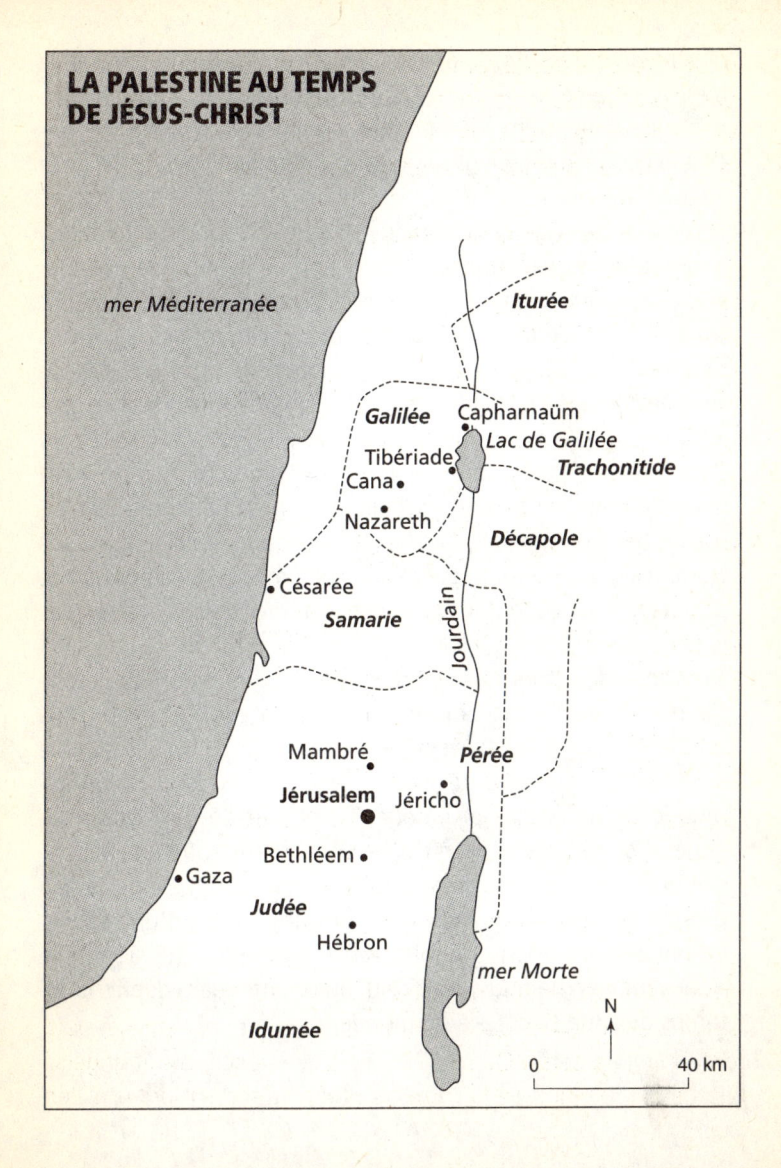

devant un enfant nommé Jésus, n'est-ce pas, d'une part, affirmer la majesté de l'enfant-Dieu et, d'autre part, donner à ce récit une dimension œcuménique, c'est-à-dire, comme son origine grecque (*oikouménè*) l'indique, l'étendre à l'ensemble de la « terre habitée » ?

Ainsi le message de Matthieu, sa Bonne Nouvelle s'adresse à l'humanité tout entière, sans distinction de race ou de nationalité, alors que la religion juive ne concernait que le peuple élu.

Un lien entre le livre des juifs et des chrétiens – Mais allons plus loin : cette histoire a aussi la fonction de rattacher le Nouveau Testament à l'Ancien Testament, comme s'il en était le prolongement. C'est à Bethléem, dans la ville du grand roi David dont l'Ancien Testament célèbre les exploits, que Jésus naît. Quant à la venue de l'étoile, déjà le prophète Balaam, issu lui-même d'un pays païen, l'annonçait aux juifs, dans le Livre des Nombres, 24,17. Tout se passe donc comme si s'accomplissait ce qui était prophétisé dans l'Ancien Testament. Ainsi, bibles des juifs et des chrétiens ne sont pas séparées.

Un lien entre Orientaux et chrétiens – La mention de l'étoile fait plus que de rattacher l'Ancien et le Nouveau Testament : elle unit le monde chrétien et celui d'Orient, en ce qu'elle semble accomplir la prophétie de Zoroastre ou Zarathoustra, mage originaire d'Iran. Cette prophétie, transmise de génération en génération, depuis le VIIIe ou le VIIe siècle avant notre ère, annonçait que la naissance d'un sauveur, « conçu et formé dans le sein d'une vierge », serait marquée par l'apparition d'une étoile, visible même pendant le jour. Ainsi, le Messie, qui signifie le « Sauveur » en hébreu, serait celui qu'on attendait, depuis longtemps déjà, de ce côté-là du monde !

De l'Ancien Testament à la tradition

Comme vous l'avez peut-être remarqué, Matthieu est bien évasif à propos des mages, dont il n'indique ni le nom ni le nombre. Il ne précise pas non plus s'ils sont rois et n'évoque pas la couleur de leur peau. Mais, à ces personnages assez mystérieux, comme vous allez le voir, les siècles ont donné un nom, une couronne, une histoire.

Les Évangiles apocryphes et la tradition – Les lacunes du récit de Matthieu ont essentiellement été comblées par les Évangiles apocryphes, c'est-à-dire non reconnus par l'Église, mais qui ont conservé certaines traditions depuis le IIe siècle. S'ajoutent à ceux-ci les abondants commentaires des théologiens et des Pères de l'Église qui se sont largement penchés sur le mystère de l'Épiphanie, autrement dit le mystère de la « manifestation », en grec, de la présence de Dieu parmi les hommes, à travers son fils.

De trois à dix rois ! – Rois, les mages le deviendront vraiment, à vrai dire, à partir du Xe siècle seulement. C'est Tertullien (vers 155-vers 220) qui, exceptionnellement, a parlé des « Rois mages », déduisant peut-être cette hypothèse du Psaume 72, 10-11 (« Tous les rois de la Terre l'adoreront ») ou bien d'Isaïe 60, 1-6 (« Les nations marchent vers ta lumière, et les rois vers la clarté de ton aurore »). Quant à leur nombre, il varie selon les récits, allant même jusqu'à dix ! Mais soit qu'ils apportent trois cadeaux, soit qu'ils sont censés représenter les trois continents connus : l'Asie, l'Afrique et l'Europe, la tradition chrétienne en fait habituellement un trio.

Au VIIIe siècle, Bède le Vénérable les décrit ainsi :

« Le premier s'appelait Melchior, c'était un vieillard à cheveux blancs et à barbe longue. Il offrit l'or au Seigneur pour reconnaître sa royauté. Le second, Gaspard, jeune encore, imberbe et rouge de peau, lui offrit de l'encens pour reconnaître sa divinité. Quant au troisième, de visage noir et portant également toute sa barbe, il avait nom Balthazar ; il présenta de la myrrhe, sachant que Jésus, Fils de Dieu, était aussi le fils de l'homme, et que comme tel, il devait mourir pour notre salut. »

Remarquez bien, qu'entre-temps, l'un des Orientaux est devenu noir !

Tantôt voyageurs à l'allure monacale, tantôt rois, ils finissent par symboliser les trois âges de la vie : ainsi, Gaspard l'Européen représentera la vieillesse, Melchior l'Asiatique, l'âge mûr, Balthazar le Maure, la jeunesse, tous trois à genoux devant l'enfant-Dieu.

La tradition picturale – Au fil des siècles, mosaïstes et enlumineurs, peintres d'icônes, de retables ou de fresques ont ainsi maintes fois puisé leur inspiration dans l'histoire des mages, s'efforçant d'adapter les données de la tradition aux modes et aux mentalités des époques.

Ainsi Michel Tournier n'a pas pu écrire son récit sans se souvenir du *Cortège des mages*, représenté sur une mosaïque de Ravenne, datant du VIe siècle ; de *l'Adoration des mages*, sujet peint par les plus grands peintres comme l'Italien Gentile da Fabriano, l'Allemand Albrecht Dürer en 1523, ou le Flamand Rogier Van der Weyden vers 1455 ; de *L'Adoration des mages sous la neige* de Bruegel l'Ancien en 1567 ; de la *Rencontre de leurs cortèges*, enluminée dans l'un des plus beaux manuscrits qui soit : *Les Très Riches Heures du duc de Berry* ; du *Palais d'Hérode*, enluminure du Sacramentaire de Robert de Jumièges ; des fresques de Giotto ou des inquiétants témoins de l'adoration des mages, figurés par Jérôme Bosch, vers 1510. Tout autant que le texte de Matthieu, ce sont des influences importantes dont le texte de Michel Tournier porte des réminiscences.

De la tradition à Michel Tournier

Même si notre auteur s'est largement inspiré de la tradition biblique, il n'en reste pas moins que ce qu'elle ne dit pas lui laisse beaucoup de liberté pour inventer. Nourri par la tradition littéraire et picturale, son texte comporte une grande part d'originalité et bon nombre d'innovations.

Un quatrième Roi mage – Michel Tournier a pris la liberté d'évoquer un quatrième Roi mage : Taor. Il est à noter tout de même qu'une ancienne légende orthodoxe russe, rapportée au début du XXe siècle, notamment par un Allemand et un pasteur américain, proposait déjà un quatrième Roi mage. Regrettant qu'aucun représentant d'origine russe ne soit mentionné au chevet de l'étable, le conteur orthodoxe imagina en effet qu'un prince russe avait quitté Saint-Pétersbourg, en direction de Bethléem, avec un traîneau chargé de cadeaux. Le voyage dura très longtemps et tous les cadeaux furent en fin de compte distribués en route aux enfants pauvres rencontrés. Arrivé finalement les mains vides à la crèche le jour du Vendredi Saint, c'est son âme qu'il a offerte à Jésus sur la croix. Ce prince parcourant des paysages enneigés avec un traîneau chargé de cadeaux n'est pas sans faire penser au Père Noël !

Des itinéraires localisables... – Le point de départ ainsi que l'itinéraire des voyages des Rois sont localisables sur un atlas moderne : Gaspard vient du Soudan, Balthazar d'Irak, Melchior de Syrie, et Taor d'Inde du sud-ouest.

... et des histoires singulières – À chacun des Rois, l'auteur donne sa propre histoire en le caractérisant dans une vie de famille, depuis l'enfance jusqu'à l'âge mûr, à travers un parcours

initiatique au cours duquel il évolue. Remarquons aussi qu'il n'hésite pas à changer, pour les besoins de son récit, les noms de certains et de faire de Gaspard, qui signifie le Blanc, justement le Roi noir, qui était plus traditionnellement Balthazar.

à vous...

1 – Sur le passage de l'Évangile de saint Matthieu

<u>Jésus</u>
Recherchez dans le texte quatre autres façons de le désigner. Quelle est celle qui revient le plus souvent ? À votre avis, pourquoi ?

<u>Le roi de Palestine</u>
Qui était le roi de Palestine à la naissance de Jésus ?
Pourquoi est-il ému à la nouvelle que lui annoncent les mages ?
Sur quoi prend-il des renseignements ?
Que demande-t-il aux mages après leur visite à Bethléem ?
Quel est le mode utilisé quand Hérode s'adresse à eux ?
Quelle en est la valeur ?
Que décident-ils de faire et pourquoi ?
Qu'a-t-il l'intention de faire ?

<u>Les mages</u>
D'où viennent les mages ?
Recherchez dans un dictionnaire le sens de « mage ».
Sait-on combien ils sont ?
Matthieu leur donne-t-il un nom ?
Pourquoi se rendent-ils à Bethléem ?
Que font-ils quand ils ont trouvé l'enfant ?

L'étoile
Quel est son rôle dans le récit ?
Par quel autre terme est-elle encore désignée ?

2 – Recherche documentaire

Une liste d'œuvres picturales ayant pour sujet les Rois mages vous est donnée page 20. Cherchez leur représentation soit dans les livres d'art dont dispose votre CDI, soit en faisant des recherches sur Internet. Vous ferez une petite fiche d'identité d'une de ces œuvres (dates de naissance et de mort de l'artiste, date d'exécution de l'œuvre, endroit où elle est conservée, description…), puis vous direz si elle vous plaît et pourquoi.

Les Rois mages

GASPARD DE MÉROÉ

Le Roi nègre amoureux

Il était une fois au sud de l'Égypte un royaume, le Méroé, dont le souverain s'appelait Gaspard. Comme ses parents, comme ses épouses, comme tout son peuple, Gaspard était noir, mais il ne le savait pas, n'ayant jamais vu de Blanc. Et non seulement il était noir, mais il avait un nez épaté, des oreilles minuscules et des cheveux crépus, toutes choses qu'il ignorait également.

Or, un soir qu'il rêvait sur la terrasse du palais, devant un ciel nocturne tout pétillant d'étoiles, son regard fut surpris par une lueur vague et vacillante qui faisait palpiter l'horizon du sud.

Aussitôt, il manda son astrologue qui s'appelait Barka Maï et avait une barbe et des cheveux blancs, bien qu'il fût nègre lui aussi.

– Qu'est-ce donc que cette lueur? lui demanda Gaspard en pointant vers l'horizon son sceptre en corne de rhinocéros.

– Justement, Seigneur, répondit l'astrologue, je voulais t'en parler. C'est une comète qui nous vient de la source du Nil.

Or il faut savoir que le Nil, fleuve immense et majestueux, traversait tout le territoire de Méroé, mais jamais un voyageur n'avait réussi encore à remonter assez loin à l'intérieur du continent africain pour découvrir sa source. Il en résultait que cette source du Nil demeurait enveloppée de mystère, et que tout ce qui en provenait se chargeait de prestige.

– Une comète? dit Gaspard. Explique-moi, veux-tu, ce qu'est une comète.

– Le mot nous vient des Grecs et signifie *astre chevelu*. C'est une étoile errante qui apparaît et disparaît de façon imprévisible dans le ciel, et qui se compose d'une tête traînant derrière elle la masse flottante d'une chevelure.

– Une tête coupée volant fantasquement dans les airs en somme? Cela ne me déplaît point. Et cette comète vient de la source du Nil? Que sais-tu de plus à son sujet?

– D'abord, elle vient du sud et se dirige vers le nord, mais avec des arrêts, des sautes, des crochets, de telle sorte qu'il n'est nullement certain qu'elle passe dans notre ciel. Ce serait un grand soulagement pour ton peuple et pour toi-même, car l'apparition d'une comète annonce des événements considérables qui sont rarement réjouissants.

– Continue.

– La comète qui nous occupe comporte une particularité assez étrange. Le flot de cheveux qu'elle traîne serait de couleur jaune.

– Une comète à cheveux dorés ! Voilà en effet qui est bizarre. Mais je trouve cela plus propre à exciter ma curiosité qu'à provoquer mon inquiétude, dit Gaspard.

Le fait est que le roi de Méroé s'était toujours intéressé aux choses de la nature. Il avait fait installer dans ses jardins une sorte de parc zoologique où l'on nourrissait des gorilles, des zèbres, des oryx, des ibis sacrés, des pythons bleus et des cercopithèques rieurs. Il attendait même un phénix, une licorne, un dragon, un sphinx et un centaure que des voyageurs de passage lui avaient promis, et qu'il leur avait payés d'avance pour plus de sûreté.

À quelque temps de là, il parcourait avec sa suite le marché de Baalouk réputé pour la diversité et l'origine lointaine de ses marchandises. Parce qu'il n'avait pas quitté Méroé depuis des années et rêvait d'une vaste randonnée, Gaspard acheta tout d'abord un lot de chameaux :

– des montagnards du Tibesti, noirs, frisés, infatigables, mais têtus et violents ;

– des porteurs de Batha, énormes, lourds, au poil

ras et beige, inutilisables en montagne à cause de leur maladresse, mais, en zones marécageuses, insensibles aux moustiques comme aux sangsues ;

– des méharis du Hoggar, blancs comme des hermines, fins, rapides, coursiers de rêve pour la chasse et la guerre.

Sur le marché des esclaves, il acquit une douzaine de minuscules pygmées capturés dans la forêt équatoriale. Il se proposait de les faire ramer sur la felouque royale avec laquelle il chassait l'aigrette du Nil. Il avait déjà pris le chemin du retour quand il fut frappé par deux taches dorées perdues au milieu de la foule des esclaves noirs. C'était une jeune femme et un adolescent. Ils venaient de Phénicie, avaient la peau claire comme du lait, les yeux verts comme de l'eau et secouaient sur leurs épaules un flot de cheveux d'or.

Gaspard s'arrêta stupéfait. Il n'avait jamais rien vu de pareil. Il se tourna vers l'intendant qui l'accompagnait.

– Crois-tu que les toisons de leur corps sont de la même couleur que leurs cheveux ou d'une autre couleur ?

– Je vais dire au marchand qu'il leur fasse enlever leurs loques, répondit l'intendant.

– Non, dis-lui plutôt que je les achète. Je les mettrai dans mon parc zoologique avec les autres singes.

Puis il se dirigea vers la caravane royale qui devait regagner le palais de Méroé.

Pour les dix-sept femmes de son harem, il rapportait plusieurs boisseaux de poudre cosmétique, et pour son usage personnel un plein coffret de petits bâtons d'encens. Il lui paraissait convenable, en effet, au cours des cérémonies religieuses ou lors de ses apparitions dans sa capitale, d'être environné de cassolettes d'où montaient des tourbillons de fumée aromatique. Cela donne de la majesté et frappe les esprits, pensait-il. L'encens va avec la couronne, comme le vent avec le soleil.

Gaspard semblait avoir oublié comète et esclaves blonds, quand il entreprit l'une de ses promenades familières dans les jardins du palais auxquels le peuple avait accès. On le connaissait et on l'aimait assez pour respecter le désir, qu'il avait exprimé une fois pour toutes, qu'on feignît de ne pas le remarquer. Il aimait se mêler ainsi à la foule, comme l'un quelconque de ses propres sujets.

Il s'approcha d'une cage qui abritait une famille de vampires nouvellement arrivée. Ces chauves-souris géantes, qui se nourrissent de fruits mais boivent aussi le sang des animaux, rendues immobiles par l'excès de lumière, pendaient la tête en bas, comme des haillons gris, aux branches du tronc d'arbre dressé au milieu de la cage.

Gaspard et sa petite escorte ne s'attardèrent pas devant les vampires, car une affluence inhabituelle autour de la fosse des babouins attira leur attention.

Le roi demanda ce qui suscitait cette curiosité. «Tes esclaves blonds», lui fut-il répondu. Il se rendit aussitôt au bord de la fosse. Elle était divisée en deux compartiments, les mâles d'un côté, les guenons de l'autre. Ce qui excitait l'intérêt et la joie du public, c'était parmi les singes un homme prostré, couvert de blessures, parmi les guenons une femme recroquevillée dans une encoignure de rocher. On leur envoyait des écorces de pastèque et des grenades pourries. Quand un projectile faisait mouche, la foule hurlait de rire.

– Qui a dit de les mettre là? demanda Gaspard furieux.

Son intendant fit approcher le chef des jardins qui se tenait à distance respectueuse. Ils échangèrent quelques phrases.

– Il doit y avoir un malentendu, balbutia l'intendant. On avait cru comprendre que tels étaient tes ordres.

Et en effet, Gaspard se souvint d'une phrase qu'il avait prononcée dans ce sens en faisant acheter les esclaves blonds.

– Faites-les sortir immédiatement de ce trou! commanda-t-il.

Quand il avait donné un ordre, il avait pour principe de ne jamais assister à son exécution. La certitude d'être obéi devait suffire. Mais cette fois, une étrange curiosité le retint. Peu après, les deux Blancs se tenaient devant lui. Gaspard ne pouvait détacher son regard de la femme. Et pourtant, comme elle était laide, avec sa peau marbrée de bleus, rougie par endroits, livide ailleurs, avec ses grandes oreilles décollées que ses cheveux de filasse cachaient mal, avec son long nez pointu qui pendait tristement vers le sol! Tout le contraire des beautés noires de son harem, si lisses qu'elles paraissaient sculptées dans le bois d'ébène ou la pierre d'obsidienne. Gaspard éprouvait un mélange de pitié et de répulsion devant ces êtres si différents venus du bout du monde.

Car, s'il était grand amateur des bizarreries de la nature, c'était toujours du sud que lui venaient les fruits et les animaux les plus beaux. Un jour, des caravanes venues de cette mer froide du nord qu'on appelle la Méditerranée lui avaient apporté de ces fruits d'Europe, capables de mûrir sans chaleur ni soleil, qui s'appellent pommes, poires, abricots. Il les avait goûtés par acquit de conscience, mais comme il les avait trouvés fades en comparaison des ananas, des mangues ou des simples dattes de ses vergers africains!

Or ce soir-là, il refusa la visite dans la chambre royale de Karmina, sa première concubine, et s'isola sur la terrasse du sud. Il ne pouvait détacher sa pensée de l'esclave blonde qu'il venait de tirer d'une cage à singes et dont il ne savait rien, pas même le nom.

C'est alors qu'il aperçut au-dessus de l'horizon une boule dorée qui paraissait tourner sur elle-même. Aussitôt, il manda Barka Maï.

– Où en est ta comète ? lui demanda-t-il.

– Tu la vois, répondit l'astrologue. L'espoir qui me restait qu'elle détourne de nous sa trajectoire diminue d'heure en heure. Il est presque certain maintenant qu'elle va passer au-dessus de nos têtes. Il ne reste plus qu'à prier pour qu'elle ne laisse pas tomber sur elles quelque calamité.

Gaspard ne dit mot. Il devait s'avouer que l'image de l'esclave blonde humiliée et enlaidie, bombardée d'ordures par une foule rigolarde, ne quittait pas sa pensée. Pour la première fois, il fit un rapprochement entre l'esclave blonde et la comète aux cheveux d'or qui étaient entrées toutes les deux dans le royaume de Méroé et dans sa vie. La femme ne serait-elle pas justement cette calamité que la comète menaçait d'apporter ?

Or un roi est toujours observé de très près par tous ceux qui l'entourent, et le changement d'humeur de Gaspard n'échappait pas aux familiers du palais. Chacun l'interprétait dans son sens, et les femmes du harem, guidées par la jalousie, l'attribuaient à la femme blanche. Gaspard s'en aperçut grâce à Kallaha, une Nigérienne qui était devenue la maîtresse du harem après avoir connu les faveurs du père de

Gaspard. Ce fut elle, en effet, qui prononça la première en présence du roi le nom de la femme blonde.

– Cette Biltine, lui dit-elle un jour, sais-tu comment elle appelle les gens de sa race ? Elle les appelle des Blancs ! Et nous, sais-tu comment elle nous appelle ? Des gens de couleur ! Quelle impudence ! Les gens de couleur, ce sont eux, ces prétendus « blancs », car ils ne sont pas blancs, non, ils sont roses. Roses comme des cochons. Et en plus, ils puent !

Gaspard connaissait et partageait tous les préjugés des Noirs contre les Blancs. Or l'immense surprise de ces derniers jours, c'était de voir, en présence de l'esclave blanche, sa répugnance se transformer malgré lui en attirance.

Mais n'est-ce pas cela, l'amour ? Des choses que nous trouvions répugnantes – le baiser sur la bouche, par exemple – et qui peu à peu deviennent si délicieuses que nous ne pouvons plus vivre sans elles ?

– Va la chercher ! commanda-t-il.

Kallaha était stupéfaite, mais l'ordre avait été donné sur un ton qui excluait tout atermoiement. Elle se dirigea vers la porte, digne et raide, mais avant de sortir, elle ne put se retenir de se retourner pour dire ces derniers mots :

– Et tu sais, elle a des poils sur les mollets et les avant-bras !

Gaspard ne fut pas fâché de devoir attendre un bon moment l'arrivée de Biltine. «Ils sont en train de la laver, de la coiffer et de l'habiller», pensait-il. C'était vrai. Quand elle parut, elle ne ressemblait vraiment pas au souillon de la cage aux singes. Rose, elle était, oui, et Gaspard pensa à l'accusation de Kallaha, mais rose comme une rose, et avec cela bleue et dorée…

Ils restaient l'un en face de l'autre à s'observer, l'esclave blanche et le roi nègre. Et Gaspard sentait s'opérer en lui un changement extraordinaire : à force de regarder Biltine, ce n'était plus Biltine qu'il voyait, c'était lui-même tel que Biltine devait le voir. «Si claire, si lumineuse, pensait-il, comme elle doit me trouver noir!» Et pour la première fois, une tristesse et une sorte de honte – de la honte, oui – lui venaient au cœur d'être un Nègre. «Elle doit avoir envie de se jeter dans mes bras autant que de plonger dans un tonneau de goudron!» Et en même temps que son amour grandissait, il sentait le désespoir lui ronger le foie.

Elle lui raconta son histoire. Son frère Galéka et elle étaient originaires de Byblos en Phénicie, un petit pays côtier célèbre pour ses marins et ses navires. Ils se rendaient en Sicile chez des parents, quand leur navire était tombé entre les mains de pirates numides. On les avait ensuite débarqués sur une plage proche d'Alexandrie et acheminés vers le sud en caravane.

Gaspard posa ensuite une question qui étonna la jeune femme et parut l'amuser :

– Les habitants de la Phénicie sont-ils tous blonds ?

– Tant s'en faut ! répondit-elle. Il y en a des bruns, des châtain foncé, des châtain clair. Il y a aussi des roux.

Puis elle fronça les sourcils, comme si elle découvrait pour la première fois une vérité nouvelle. Il lui semblait que les esclaves étaient plus bruns, très bruns, crépus aussi, et que, parmi les hommes libres, la clarté de la peau et la blondeur des cheveux augmentaient à mesure que l'on montait dans l'échelle sociale.

Elle rit comme si ces propos insolents d'esclave blonde s'adressant à un roi noir ne méritaient pas le fouet ou le pal !

Il la faisait venir chaque soir. Une nuit enfin, il se décida à la prendre dans ses bras. Il avait fait servir auparavant un souper fin dont le morceau de choix était une queue de brebis, véritable sac de graisse de mouton. Rien ne paraît plus succulent aux habitants de Méroé. Biltine fit honneur au plat national de son seigneur et maître. Mais quand Gaspard s'étendit près d'elle, il ne put détacher ses yeux du contraste que faisaient ses mains noires sur la peau neigeuse de Biltine et il en avait le cœur navré.

Et elle ? Qu'éprouvait-elle ? Il ne devait pas tarder à le savoir. Brusquement, elle s'arracha à ses bras, courut à la balustrade de la terrasse, et, penchée à mi-corps vers les jardins, elle fut secouée de hoquets. Puis elle revint, très pâle, le visage creusé et s'étendit sagement sur le dos.

– La queue de brebis n'a pas passé, expliqua-t-elle simplement.

Gaspard la regardait tristement. Il ne la croyait pas. Non, ce n'était pas la queue de brebis qui avait fait vomir de dégoût la femme qu'il aimait !

Il se leva et gagna sans dire un mot ses appartements, accablé de chagrin.

Dès lors, le roi Gaspard continua à voir Biltine, mais en gardant ses distances, malgré le désir ardent qu'il avait d'elle. Pour ne pas succomber à l'envie qui le torturait de la prendre dans ses bras, il faisait toujours venir avec elle son frère Galéka. Ils formaient ainsi un trio apparemment heureux. Ils faisaient de la voile sur le Nil, chassaient l'antilope du désert, présidaient des fêtes populaires agrémentées de danses et de courses de chameaux. Le soir, ils s'attardaient sur la haute terrasse du palais, et Biltine chantait des mélodies phéniciennes en s'accompagnant d'une cithare.

En observant ses deux amis, Gaspard voyait peu à peu apparaître de grandes différences entre eux. Au début, fasciné par leur peau blanche et leurs cheveux blonds, il les trouvait parfaitement semblables, des jumeaux différents seulement par le sexe. Mais, avec l'habitude, il les voyait mieux et il se demandait parfois s'ils étaient vraiment frère et sœur, comme ils le prétendaient.

Cependant, les femmes du harem étaient furieuses de la place prise par Biltine auprès du roi, et tout le personnel du palais partageait leur haine pour les deux intrus. Chacun guettait l'occasion de les perdre.

C'est ainsi qu'une nuit, Kallaha demanda à parler au roi de toute urgence. Gaspard la fit entrer, car il avait perdu le sommeil. Aussitôt, la maîtresse du harem éclata :

– Tes Phéniciens, Seigneur ! Ils ne sont pas plus frère et sœur que toi et moi !

– Qu'en sais-tu ? demanda Gaspard qui sentait venir la catastrophe.

– Si tu ne me crois pas, viens avec moi, tu verras s'ils s'embrassent comme frère et sœur, ou d'une autre façon !

C'était donc cela ! Gaspard se leva et jeta un manteau sur ses épaules. Kallaha, effrayée par son visage révulsé, reculait vers la porte.

– Allons, marche, vieille bourrique, nous y allons !

La suite eut la rapidité d'un cauchemar : les amants surpris dans les bras l'un de l'autre, les soldats appelés, le garçon traîné dans un cachot, Biltine, plus belle que jamais, vêtue seulement de ses longs cheveux, claquemurée dans une cellule à la fenêtre grillagée, et finalement le roi, tout seul sur sa terrasse, regardant de ses yeux pleins de larmes le ciel aussi noir que son cœur et que sa peau. Il y avait pourtant à l'horizon une vague lueur qui semblait palpiter.

Un léger bruit de sandales l'avertit que quelqu'un approchait derrière lui. C'était l'astrologue Barka. Gaspard accueillit avec soulagement ce vieil ami, fidèle et lucide.

– Elle s'éloigne, dit-il. Elle disparaît vers le nord.

Gaspard, obsédé par la scène qu'il venait de vivre, crut d'abord qu'il parlait de Biltine. Puis il comprit que Barka faisait allusion à la comète. D'ailleurs, il y avait longtemps que dans son esprit l'esclave phénicienne et la comète aux cheveux d'or se confondaient.

– Elle retourne en Phénicie, dit-il, le pays des femmes blondes.

Barka le regarda avec tristesse. Fallait-il que son maître fût amoureux de cette esclave ! Mais il revint à ses propres préoccupations astrologiques.

– Elle s'en va, dit-il, et nul ne peut dire encore le mal qu'elle a pu faire. Dans un mois, dans un an éclatera peut-être sur Méroé une épidémie de peste ou une sécheresse catastrophique, à moins que des nuages de sauterelles s'abattent sur les champs.

GASPARD DE MÉROÉ

— Non, dit Gaspard, il est inutile d'attendre un mois ni un an. Le mal qu'elle m'a fait, je le connais, elle m'a navré le cœur.

Et soudain tourné vers Barka, il lui raconta sa détresse, cette blondeur qui lui avait d'abord répugné comme une monstruosité, puis qui l'avait fasciné et dont finalement il ne pouvait plus se passer. C'était comme une drogue ! Et le pire, c'est qu'il voyait maintenant son propre peuple avec d'autres yeux, des yeux de Blanc ! Il avait découvert la négritude et il ne l'aimait pas, pas plus qu'il ne s'aimait lui-même.

Après ces aveux, Barka observa un long silence. Comme elle était lourde, sa responsabilité de confident du roi ! À l'horizon, la palpitation lumineuse de la comète avait cessé. Le ciel paraissait vide et comme désert après son passage. Alors Barka dit à son maître un mot, un seul mot : « Pars ! »

— Tu veux que je parte ?

— Je te le conseille en tout cas puisque tu as daigné me confier tes peines. L'eau qui stagne immobile devient saumâtre et boueuse. Au contraire, l'eau vive et courante reste pure et limpide. Ainsi le cœur de l'homme sédentaire est un vase où fermentent des griefs indéfiniment remâchés. Du cœur du voyageur, jaillissent en flots purs des idées neuves et des actions imprévues. Pars ! Que la comète blonde qui a bouleversé ta vie t'apporte aussi le remède. Suis-la. Fais un pèlerinage aux pays des hommes blancs.

Monte jusqu'aux bords de cette mer grise et froide qu'ils appellent la Méditerranée. Et reviens-nous gai et guéri !

Pour quitter Méroé, Gaspard usa, selon une coutume obligatoire, du grand palanquin royal de laine rouge brodée d'or, surmonté d'une flèche de bois d'où flottent des étendards verts couronnés de plumes d'autruche. Depuis la grande porte du palais jusqu'au dernier palmier – après, c'est le désert –, le peuple de Méroé acclamait et pleurait le départ de son souverain bien-aimé. Telle était la tradition à laquelle il ne pouvait se dérober. Mais dès la première étape, il fit démonter l'habitacle pompeux fixé sur le dos d'un dromadaire gros comme un éléphant, et il prit place sur une jeune chamelle fine et rapide comme une gazelle, sellée à la légère. Comme l'amble[1] souple de sa monture berçait doucement son cœur blessé ! Comme le chaud soleil du désert dissipait bien les idées noires qu'il avait dans la tête !

---

1. La plupart de nos animaux familiers marchent en diagonale, c'est-à-dire avancent en même temps la patte arrière droite et la patte avant gauche, puis la patte arrière gauche et la patte avant droite. Ainsi vont le cheval, le bœuf, le chien, le chat, etc. Au contraire, beaucoup d'animaux sauvages vont l'amble, c'est-à-dire avancent en même temps la patte arrière droite et la patte avant droite, puis la patte arrière gauche et la patte avant gauche (avec un léger retard de la patte avant sur la patte arrière). Ainsi vont le loup, l'éléphant, la girafe, le lion, le tigre, le chameau, l'ours, etc. Cela leur donne une allure balancée, car pour déplacer en même temps sa patte avant et sa patte arrière du même côté l'animal doit se déporter tout entier du côté opposé. (Note de Michel Tournier, comme celle de la page suivante.)

Jour après jour, ils descendirent la rive du Nil peuplée de papyrus dont les ombelles se caressaient au vent dans un froissement soyeux. Ils arrivèrent ainsi à Thèbes, et Gaspard nota la présence d'hommes blancs déjà assez nombreux. Ils faisaient encore des taches claires dans la foule des Noirs, mais Gaspard se disait que bientôt, en poursuivant vers le nord, ce serait les Noirs qui feraient des taches sombres dans la foule des Blancs.

Ils nuitèrent à Louxor, au pied des deux colosses de Memnon, statues gigantesques, sagement assises, les mains posées sur les genoux[1].

Gaspard put vérifier la légende selon laquelle ces deux dieux égyptiens poussent de petits cris de bébés joyeux le matin quand leur mère l'Aurore vient les caresser de ses chauds rayons.

Puis il fallut traverser la mer Rouge sur onze barcasses frétées à cet effet. Cette paisible traversée, qui dura une semaine, fut un repos pour tout le monde, et au premier chef pour les chameaux, immobilisés dans l'ombre des cales, et qui se refirent la bosse en mangeant et en buvant à satiété.

D'Elath – où ils débarquèrent – à Jérusalem, il y a deux ou trois jours de marche, mais la caravane de Gaspard fut retardée à Hébron par une rencontre

---

1. Aujourd'hui, deux mille ans après ces événements, ils sont toujours là.

d'une extrême importance. Hébron n'est qu'une bourgade modeste posée sur trois collines verdoyantes, plantées d'oliviers, de grenadiers et de figuiers. Or elle passe pour avoir été, aux origines des temps, le refuge d'Adam et Ève chassés du Paradis. Ce serait donc la ville de loin la plus ancienne du monde.

Gaspard se proposait d'y établir son camp, afin de visiter les sites mémorables qui s'y trouvent, quand ses éclaireurs lui apprirent qu'une caravane venue de l'est l'avait devancé. Il dépêcha aussitôt un messager officiel pour s'enquérir de l'identité et des intentions de ces étrangers. Ces hommes, lui fut-il rapporté, étaient la suite du roi Balthazar IV, souverain de la principauté chaldéenne de Nipour, lequel lui souhaitait la bienvenue et le priait à souper.

Le camp du roi Balthazar frappait par sa splendeur. Vieillard affable, raffiné et grand amateur d'art, il ne voyait pas pourquoi le voyage aurait dû le priver du confort de son palais. Il se déplaçait donc dans un grand luxe de tapisseries, vaisselles, fourrures et parfums, et avec une suite de peintres, dessinateurs, sculpteurs et musiciens.

À peine reçus, Gaspard et ses compagnons furent baignés, coiffés et parfumés par des jeunes filles expertes dont le type physique ne manqua pas de l'intéresser. On lui expliqua plus tard qu'elles étaient toutes de la race de la reine Malvina, originaire de la mystérieuse et lointaine Hyrcanie. C'était de là que Balthazar, par un délicat hommage à son épouse, faisait venir toutes les servantes du palais de Nipour. De peau très blanche, elles avaient de lourdes chevelures noires comme jais avec lesquelles contrastaient de façon ravissante des yeux bleu clair. Rendu attentif à ces détails par sa malheureuse aventure, Gaspard les dévorait des yeux tout durant qu'elles le bichonnaient. Il ne cessait de les comparer d'une part à ses femmes noires, d'autre part à la blonde Biltine. Mais la première surprise passée, il jugea bientôt que ces beautés brune et bleu n'étaient pas sans défaut. C'était très joli certes une peau très blanche et des cheveux noirs et abondants, mais le contraste n'était pas sans péril. Il nota, par exemple, la trace d'un duvet sombre sur leur lèvre supérieure, et il conclut que les noires et les blondes prennent moins de risques en ne cherchant pas à marier des contraires.

Le lendemain, les deux rois visitèrent ensemble la grotte qui abrite les tombes d'Adam, d'Ève et d'Abraham. Ils flattèrent de la main le tronc du gigantesque térébinthe qui passe pour être le dernier arbre du Paradis terrestre. Ils côtoyèrent le terrain vague hérissé d'épines où Caïn avait assommé son frère Abel. Mais ce qui les retint le plus, ce fut le champ, clos de haies d'aubépine, à la terre fraîchement retournée, dans lequel Yahvé avait modelé la statue d'Adam avant de lui souffler la vie dans les narines.

Balthazar se baissa, prit une poignée de cette terre vénérable, et, ouvrant sa main, il la contempla un moment. Puis il leva les yeux vers Gaspard et approcha la poignée de terre du visage du roi nègre.

– Sais-tu ce que veut dire Adam en hébreu ? Cela veut dire : *terre ocre.* Or elle est ocre en effet, cette terre. Ocre, brune, rouge, noire, je ne saurais le dire exactement. Mais ce qui est certain, c'est que sa couleur est la même, oui, rigoureusement la même, que celle de ta peau, ami Gaspard.

« Ainsi donc, il serait raisonnable d'admettre que le premier homme était un Nègre. Adam noir ? Pourquoi pas après tout ? Mais comme c'est curieux ! Car si j'accepte, avec surprise certes, mais sans révolte, un Adam noir, je ne peux admettre en revanche une Ève négresse !

Il se tut un moment en laissant glisser la terre fauve entre ses doigts. Puis il se frotta les mains.

– Non, vraiment, ajouta-t-il, je ne peux imaginer Ève que blanche. Et même blonde avec des yeux bleus…

– Avec un nez impertinent, une bouche enfantine et des avant-bras tout pailletés de petits poils dorés, précisa Gaspard qui ne pensait qu'à Biltine.

Pourtant, cette idée d'un Adam noir, d'un premier homme nègre l'avait rempli de fierté et d'une joie telles qu'il n'en avait pas éprouvées depuis bien longtemps, depuis que la comète avait dévasté sa vie.

Le surlendemain, les deux caravanes mêlées – hommes blancs et hommes noirs, chevaux et dromadaires – firent leur entrée à Jérusalem. C'est là qu'ils virent venir à eux un jeune prince, Melchior, qui venait de la Palmyrène. Melchior voyageait à pied, seul avec son ancien précepteur, car il avait été chassé du trône – qui lui revenait à la mort de son père – par son oncle, lequel cherchait à le tuer. Balthazar décida d'adopter ce petit roi sans royaume et de le cacher parmi ses pages.

Jérusalem, c'était la capitale du roi des Juifs, Hérode le Grand. Deux puissantes constructions dominaient la ville : le palais d'Hérode et le nouveau temple dont on achevait la décoration. Tout l'Orient retentissait depuis trente ans des méfaits et des hauts faits d'Hérode, des cris de ses victimes et de ses fanfares victorieuses. La splendeur et l'immensité de son palais et de son temple étaient dignes de sa réputation. Les rois n'avaient jamais vu un pareil déploiement d'escaliers monumentaux, de terrasses étagées, de colonnades de marbre, de tours et de coupoles. C'était vraiment une ville dans la ville, avec toute une population de soldats, de serviteurs, de prêtres et d'artistes. Dix-huit mille ouvriers avaient travaillé à la reconstruction du temple.

Hérode reçut magnifiquement ces hôtes venus de si loin. Il leur attribua des appartements, donna un grand banquet en leur honneur, leur accorda des audiences en tête à tête. Ils comprirent bientôt qu'il disposait d'un vaste réseau d'espions et d'agents de renseignement, et qu'il n'ignorait rien de ce qui les amenait en Judée. Bien entendu, il avait observé la comète et interrogé à son sujet ses astrologues et ses théologiens. Il leur apprit que l'astre errant annonçait la naissance à Bethléem – un village situé à une journée de Jérusalem – d'un enfant divin appelé à devenir le roi des Juifs. Il leur suggérait d'y aller, mais leur demandait de revenir lui rendre compte de ce qu'ils auraient vu. Et il y avait comme un sourd grondement de menace dans cette dernière exigence.

Bien entendu, Hérode connaissait la malheureuse aventure de Gaspard et la trahison de Biltine. Il s'en entretint avec lui au cours d'une audience privée qui impressionna profondément le roi nègre. C'est que le roi des Juifs avait vécu dans sa jeunesse un drame dont il ne s'était jamais consolé. Mariamne, sa première femme, la seule qu'il eût jamais aimée, disait-il, l'avait bafoué. Pire que cela : alors qu'il était en visite à Rome auprès de l'empereur Auguste, elle avait comploté son assassinat afin de régner seule avec le général qui était son amant. Comme un scandale avait éclaté, Hérode n'avait pu éviter que

Mariamne fût déférée devant un tribunal. Elle avait été condamnée à mort et étranglée. Hérode avait pensé mourir de chagrin. Il avait fait noyer le corps bien-aimé dans un sarcophage ouvert rempli de miel pour le conserver le plus longtemps possible près de lui. Aujourd'hui encore, il ne pouvait évoquer ces faits lointains sans verser des larmes.

Gaspard écouta cette terrible confidence de tout son cœur blessé. Était-il donc possible que l'amour, au lieu d'être source de douceur et de tendresse, mène à tant de sang et de souffrances ? Aurait-il dû agir comme Hérode et faire mourir Biltine et Galéka ? Pourtant deux préoccupations nouvelles l'encourageaient et contribuaient à le détourner de son chagrin d'amour. D'abord la découverte de l'Adam nègre d'Hébron qui avait commencé à le réconcilier avec sa peau. Puis une grande lueur d'espoir : que se passait-il à Bethléem ? Qu'allait-il trouver dans ce village, déjà célèbre parce qu'il avait été jadis le berceau du roi David ?

Une fois encore, la double caravane reprit la route. Elle s'enfonça dans la profonde vallée de Gihon et gravit les flancs raboteux de la Montagne du Mauvais Conseil. Les deux rois et le prince déchu avaient encore les yeux éblouis des splendeurs du palais et du temple d'Hérode, les oreilles abasourdies par les récits qu'ils avaient entendus à sa cour. Mais ils étaient portés par une grande espérance. Ils marchaient, le regard fixé sur la comète qui avait reparu dans le ciel, en se demandant ce qui les attendait au village sacré.

– Ce que nous avons trouvé à Bethléem ? racontera plus tard le roi Gaspard à ses enfants, à ses petits-enfants, à ses arrière-petits-enfants, tous noirs et crépus comme lui-même. Après Hérode, nous pensions vaguement à une sorte de super-Hérode, un palais encore plus magnifique que celui de Jérusalem, un roi encore plus puissant.

« Ce fut tout le contraire. Une étable misérable, des bergers, des artisans, un bœuf et un âne.

– Et tous ces gens étaient noirs ?
– Que non ! Des Blancs, rien que des Blancs, si bien que nous nous sentions étrangers parmi eux, nous autres Nègres de Méroé. En vérité, tout ce monde entourait un berceau de paille où gigotait un petit enfant. Était-ce possible que ce fût là le nouveau roi des Juifs ? La comète l'attestait qui laissait tomber une traînée de lumière jusque sur le toit de l'étable.

« Nous sommes entrés l'un après l'autre pour rendre hommage à l'Enfant. Je voulais lui offrir ce coffret de bâtonnets d'encens que j'avais acheté à Baalouk. Je me suis avancé, j'ai plié le genou, j'ai touché de mes lèvres mes doigts et j'ai fait le geste d'envoyer un baiser à l'Enfant. Et c'est alors que j'ai eu une surprise miraculeuse dont le souvenir n'a cessé depuis de m'illuminer et de me chauffer le cœur. En me penchant sur la crèche, que vois-je ? Un bébé tout noir aux cheveux crépus avec un mignon petit nez épaté, bref, un bébé tout pareil à vous, mes chéris africains !

– Après un Adam noir, un Jésus nègre !
– Mais les parents, Marie et Joseph ?
– Blancs ! affirma Gaspard. Je suis formel, des Blancs, comme Balthazar, Melchior et…
– Comme Biltine, compléta l'un des enfants qui connaissait l'histoire du vieux roi.
– Et qu'ont dit les autres en voyant ce prodige : un enfant nègre, né de parents blancs ?
– Eh bien, voyez-vous, ils n'ont rien dit, et moi, par discrétion, pour ne pas les vexer, je n'ai fait ensuite aucune allusion à l'Enfant noir que j'avais vu dans la crèche.

« Au fond, je me demande s'ils ont bien regardé. C'est qu'il faisait un peu sombre dans cette étable. Peut-être suis-je le seul à avoir remarqué que Jésus est un Nègre…

Il se tait et contemple en lui cette histoire exemplaire : le roi nègre, devenu fou d'amour par le maléfice de la blondeur, et guéri pour toujours, réconcilié avec lui-même et avec son peuple par le miracle de Bethléem.

Arrêt sur lecture 1

« *Il était une fois au sud de l'Égypte un royaume, le Méroé, dont le souverain s'appelait Gaspard...* » Le récit que vous venez de lire débute comme un conte. Pourtant l'histoire du Roi mage Gaspard ressemble aussi à un roman, car bien des éléments du récit font penser plutôt à une histoire sinon vraie, du moins, qui aurait pu l'être. Sans doute, au cours de votre lecture, il ne vous a pas toujours été facile de démêler le vrai du faux, le réel du merveilleux, la réalité du fantastique.

Pour y voir un peu plus clair, et définir le genre de l'histoire que vous avez lue, rappelons rapidement ce que c'est qu'un conte, un court roman ou nouvelle, et un récit fantastique.

Le conte, la nouvelle et le récit fantastique

Le conte
Il s'agit d'un récit qui commence la plupart du temps par la formule fameuse : « Il était une fois... ». C'est une histoire ou **fic-**

tion, inventée par un auteur, qui comporte des **événements merveilleux**, extraordinaires, qu'on ne pourrait rencontrer dans la réalité. Dans un conte, si l'histoire se passe bien souvent dans des endroits mystérieux, étranges, symboliques, tels que des châteaux, des forêts, des fontaines magiques, on ne peut néanmoins exactement en situer les lieux, pas plus qu'on ne peut dater précisément les événements. C'est un peu comme si le conte se passait en dehors de notre temps et de notre espace.

Les héros, quant à eux, ne représentent pas des personnes réelles et ne sont pas caractérisés par des traits qui les distinguent des autres : ils sont rois, reines, princes, princesses, chevaliers, mais on ne peut les identifier grâce à une marque qui les rendrait singuliers. On dit d'eux que ce sont des **archétypes**.

Tout conte est bâti selon le même schéma qu'on appelle le **schéma narratif**, qui comporte une **situation initiale**, situation d'équilibre, troublée par des **éléments perturbateurs** qui font démarrer l'action, des **péripéties** ou aventures du héros pour résoudre les difficultés posées par les éléments perturbateurs, et, pour finir, la **situation finale** où l'équilibre est rétabli.

Enfin, dans un conte, la **narration**, c'est-à-dire la façon de raconter la fiction, se caractérise par le fait que le conteur fait souvent des pauses dans l'action pour résumer l'histoire, annoncer la suite ou rappeler ce qui s'est passé : tout cela pour capter l'attention de son lecteur.

La nouvelle

Bien différente est la nouvelle. C'est une histoire assez courte, un petit roman, racontant des **faits vraisemblables**, c'est-à-dire « semblables au vrai », qui sont inventés, certes, mais qui pourraient ou auraient pu se passer dans la réalité. On peut souvent localiser précisément les lieux de l'action et en dater les événements. Ainsi, pour que la fiction ressemble davantage au vrai, l'auteur cherche à donner des **impressions de réalité**, dans la description, par exemple, des lieux et des personnages. Il peut aussi, afin que le récit paraisse plus vrai, l'ancrer dans l'Histoire et faire allusion à des épisodes qui se sont réellement passés. On dira alors qu'il renforce l'**effet de réel** ou l'**illusion romanesque**.

Pour ce qui concerne les héros, ils sont bien caractérisés ; décrits physiquement, ils ont un passé, une famille, une histoire et se transforment au cours du récit : ils ne sont pas les mêmes au début et à la fin. On dit qu'ils ont eu un **parcours initiatique**, au cours duquel ils ont changé. Quant au **narrateur**, c'est-à-dire celui qui raconte l'histoire, il peut être un de ses personnages ou en être extérieur mais, contrairement au conte, il n'intervient que très rarement et seulement de façon discrète dans la narration.

Le récit fantastique

Une histoire fantastique n'est ni réelle ni merveilleuse, mais elle se situe aux confins du réel et de l'extraordinaire. En fait, c'est le lecteur qui choisit : tout dépend comment il juge et accorde ou non sa foi à ce qui est raconté. Soit il consent à l'irruption de faits extraordinaires dans la réalité, soit il reste sceptique et conserve ses doutes. Dans un récit fantastique, les événements jugés extraordinaires sont présentés à travers la perception d'un personnage et il est toujours possible de penser qu'il n'a pas bien vu ou entendu les faits qu'il rapporte. Les événements fantastiques qu'il a vécus dépendent donc de sa **subjectivité**, c'est-à-dire de la façon dont il les appréhende.

Ces distinctions posées entre conte, nouvelle et récit fantastique, voyons d'abord ce qui, dans l'histoire du *Roi nègre amoureux*, outre son début, relève d'un conte.

L'univers du conte

Des lieux mythiques

On a rappelé que, dans les contes, le cadre de l'histoire se devait d'être mystérieux, magique, et on a bien affaire dans ce récit à des lieux mythiques, étranges ou chargés de légende.

Méroé, le cadre de l'histoire – « Il était une fois au sud de l'Égypte un royaume, le Méroé, dont le souverain s'appelait Gaspard. » Même si on peut localiser le site sur une carte, entre la 5e et 6e cataracte, au nord de Khartoum, au sud de l'Égypte, au Soudan actuel, même si on sait qu'elle fut la capitale des rois de Koush depuis le VIe siècle av. J.-C., Méroé reste un lieu étrange, propice au conte. Si Michel Tournier l'a choisi pour berceau de l'un de ses Rois mages, c'est peut-être qu'il est un lieu sacré, une nécropole en plein désert, constituée de pyramides pointues, où furent enterrés très tôt les membres de la famille royale et les rois eux-mêmes.

Pour les Anciens, déjà, Méroé représentait un lieu mystérieux, car ils l'imaginaient au bout du monde connu. Hérodote, un historien grec du Ve siècle av. Jésus-Christ, le situe chez les Éthiopiens, c'est-à-dire au pays des « visages brûlés », « les hommes les plus beaux et les plus grands du monde » (*Enquête*, III, 20). Et même de nos jours, pour les archéologues, elle demeure un mystère, car les inscriptions méroïtiques n'ont pas encore été déchiffrées et gardent toujours leurs secrets. Mais pour le lecteur d'aujourd'hui, c'est surtout un lieu suffisamment éloigné dans l'espace et le temps, aux confins du désert et de la mémoire, pour qu'il fasse rêver.

Les sources du Nil, l'origine de la comète – Au début du récit, Barka Maï annonce au roi que la comète vient de la source du Nil. Or, pendant longtemps, les sources du Nil sont restées inconnues. Ce n'est que depuis le XIXe siècle que l'on sait, après de nombreuses expéditions infructueuses, les situer exactement : au Burundi, près du lac Victoria. À l'époque d'Hérodote, les Anciens se les représentaient comme « un gouffre dont on ne peut atteindre le fond » (*Enquête*, II, 28). Il n'est donc pas étonnant que le conteur Tournier ait choisi pour cette mystérieuse comète une provenance non moins mystérieuse.

Louxor, les colosses de Memnon – Au cours du voyage qui le mène à Bethléem, Gaspard fait une halte à Louxor, qui représentait déjà dans l'Antiquité un centre d'attraction touristique. Fils de Tithonos et d'Éos (l'Aurore), Memnon était un héros légendaire des Grecs, qui crurent le reconnaître dans l'un des deux colosses situés de part et d'autre du grand temple funéraire d'Aménophis III. Taillés chacun dans un seul bloc de grès, ces deux colosses, hauts de quinze mètres, se trouvaient sur un socle de deux mètres. Héros de la guerre de Troie, Memnon est tué par Achille, mais sa mère, l'Aurore, obtient de Zeus son immortalité et elle le transporte en Égypte, dans le pays de Thèbes. En l'an 27 après la naissance de Jésus, à la suite d'un tremblement de terre qui détruisit le temple, le colosse du Nord se fissura et s'effondra en partie. Depuis cette époque se produisit un curieux phénomène physique : la pierre fissurée, chauffée par le soleil du matin, vibrait et faisait entendre le « chant de Memnon » ; ainsi le corps de Memnon ressuscitait-il magiquement chaque matin, quand sa mère venait le réchauffer. Selon les Anciens, Memnon, par cette musique mélodieuse, saluait la lumière de sa mère.

Ce phénomène du « chant de Memnon » disparut après la restauration de Septime Sévère, mais il reste une curiosité, digne d'intriguer notre Gaspard, même si, chronologiquement, il n'est pas possible que Gaspard ait pu l'entendre : en effet, il s'y rend

A. S. L. 1

Le frère de Champollion, le grand égyptologue du dix-neuvième siècle que vous connaissez sûrement, était graveur. Il représente ici le transport de la « statue parlante » dont l'histoire vous est racontée.

vingt-sept ans avant le tremblement de terre ! Mais cet anachronisme importe peu : si nous sommes dans la perspective du conte, tout est permis ! Ce qui compte, c'est que Gaspard peut vérifier la légende et attester qu'elle est bien vraie. Nous voilà bien dans le conte !

Mais, outre leur fonction de faire entrer le récit dans la légende, ces deux colosses y ont encore un rôle important : ces deux dieux égyptiens poussant des petits cris de bébés joyeux quand leur mère, l'Aurore, vient les caresser de ses chauds rayons ne sont-ils pas la préfiguration d'un autre petit dieu qui gigote dans un berceau de paille, doucement éclairé par le scintillement de l'étoile et que Gaspard trouvera à la fin de son voyage ?

Mais allons plus loin : une note de l'auteur, en bas de la page, indique qu'« aujourd'hui, deux mille ans après ces événements, ils sont toujours là ». Michel Tournier ne voudrait-il pas là, au contraire, par cette annotation, assurer un caractère véridique à sa fiction et faire passer pour vrai le voyage de Gaspard ?

Hébron, la première ville du monde – Avant de se rendre à Jérusalem, Gaspard fait une étape capitale à Hébron, à Kirjath-Arba, qui signifie en hébreu : la « ville de l'amitié », où il rencontre le deuxième Roi mage, Balthazar. Selon la tradition, Hébron abrite actuellement le tombeau d'Abraham, de Sara, sa femme, et de son fils, Isaac. Abraham est un patriarche très important, reconnu par les trois religions monothéistes. Dieu éprouva sa foi en lui demandant de lui sacrifier son unique fils, Isaac. Hébron est donc déjà une ville chargée d'histoire et, même si elle est évoquée, dans le récit, sous son humble aspect – « une bourgade modeste posée sur trois collines verdoyantes » –, Michel Tournier en fait un lieu mythique. C'est en effet avec la terre d'Hébron que, selon lui, Dieu façonna Adam, nom qui signifie, en hébreu, « terre ocre ». Et on y trouve, dit-il encore, le dernier arbre du Paradis terrestre. C'est ici également que Caïn, le fils d'Adam et d'Ève, tua son frère Abel, parce qu'il était jaloux de la préférence que lui avait accordée Dieu. Enfin, toujours d'après lui, Hébron passe pour être le premier refuge d'Adam et Ève lorsqu'ils ont été chassés du Paradis et la ville abriterait leurs tombeaux. Ainsi Michel Tournier rend cette terre encore plus mythique, puisqu'il fait remonter son histoire au temps de la Genèse. Mais si l'auteur fait d'Hébron un lieu chargé de légende, c'est qu'il est aussi symbolique dans le récit, puisque, lieu des origines, c'est là que Gaspard y retrouve la sienne propre.

Le village de Bethléem – Enfin Gaspard parvient à Bethléem, village situé à une journée de marche de Jérusalem, dont le nom en hébreu signifie la « ville du pain ». Bethléem est un lieu très important pour les juifs, car David, leur grand roi, y naquit. Il est sacré aussi pour les chrétiens, car il a été le berceau du nouveau roi des Juifs, fils de Dieu, et, encore de nos jours, c'est un grand lieu de pèlerinage.

La comète : un phénomène merveilleux

La comète est présente à chaque moment du récit pour jouer un rôle aux côtés des personnages. Évoquée comme un phénomène inquiétant par l'astrologue de la cour de Gaspard, Barka Maï, elle paraît se diriger sur Méroé et annoncer une catastrophe.

Comme vous l'avez certainement remarqué, conformément à ce qu'annonçait son étymologie grecque : « astre chevelu », toutes les substitutions de la comète appartiennent au champ lexical du corps humain, plus précisément d'une tête blonde. Tout se passe comme si la comète, par métaphore, était l'incarnation de la tête d'une femme à chevelure dorée et qu'elle annonçait l'irruption, dans la vie de Gaspard, de la blondeur de Biltine, la Blanche. Effectivement, ce qui accrédite son pouvoir merveilleux d'annoncer l'avenir, c'est que Gaspard, un peu plus tard, fait la rencontre, sur le marché, d'une bien curieuse esclave blonde… Puis la comète redoutée passe au-dessus de Méroé, et au-dessus du cœur du roi. Cette « boule dorée » et l'esclave blonde sont entrées dans sa vie au même moment ! Mais ce ne sera une catastrophe que pour Gaspard, frappé par un terrible chagrin d'amour qui le conduit au dégoût de lui-même. Barka Maï avait raison : le passage de la comète s'est avéré néfaste, et pour le souverain de Méroé, c'est un « désastre ».

Après avoir commis ces ravages, la comète s'éloigne vers le nord, dans la direction du pays de Biltine, qui, elle aussi, a été éloignée de la cour, après que Gaspard a découvert qu'elle le trompait avec Galéka. Sur les conseils de l'astrologue, Gaspard, attristé et peiné, décide de partir et de suivre la « comète blonde », comme si la femme était devenue l'astre (p. 40) :

> D'ailleurs, il y avait longtemps que dans son esprit l'esclave phénicienne et la comète aux cheveux d'or se confondaient.

Puis la comète, presque par miracle, réapparaît à la fin du récit, cette fois pour guider les Rois mages vers Bethléem. Elle n'annonce plus de malheurs, mais elle porte cette fois-ci un message d'espoir. Ce qui est extraordinaire, c'est qu'elle s'arrête exactement au-dessus du toit de la crèche, pour indiquer la présence du fils de Dieu. Merveilleuse, la comète l'est donc à double titre, qu'elle soit un mauvais présage ou bien une promesse d'espoir.

Des animaux fabuleux

Certes, ils ne sont pas encore dans le parc zoologique de Gaspard, et pour cause puisqu'ils n'existent pas, mais on les y attend et ils sont payés ! L'auteur s'amuse à mélanger des animaux fabuleux de tous les pays, de toutes les époques et commet même des anachronismes, en introduisant des animaux dont on ne parlait pas encore au temps de Gaspard ! Ainsi la licorne et le dragon appartiennent à l'univers fabuleux du Moyen Âge mais certainement pas au bestiaire de l'Antiquité ! (p. 29) :

> Il attendait même un phénix, une licorne, un dragon, un sphinx et un centaure que des voyageurs de passage lui avaient promis, et qu'il leur avait payés d'avance pour plus de sûreté.

Pour ce qui concerne le phénix, oiseau originaire d'Éthiopie, ressemblant à un aigle et paré du plus beau des plumages, il est bien, lui, contemporain de Gaspard. Cet oiseau merveilleux présentait, pour les gens de l'Antiquité, la particularité de renaître après sa mort. Quant au centaure, c'était pour les Anciens un monstre mi-homme, mi-cheval et le sphinx, une créature mi-femme, mi-lion, pourvue d'ailes.

Un schéma narratif conforme à celui d'un conte
Si on étudie de près la structure de l'histoire, elle correspond bien au schéma du conte exposé plus haut. Nous avons bien une **situation initiale d'équilibre** : Gaspard est un roi noir, qui ne sait pas qu'il l'est, car du fait de son éloignement dans le fin fond du Soudan, il n'a jamais vu d'homme blanc. Puis intervient dans sa vie une **perturbation** par deux visions : « une lueur vague et vacillante » qui désigne la comète, et « deux taches dorées perdues au milieu de la foule des esclaves noirs » qui décrivent un homme et une femme à la peau claire et aux cheveux d'or. À partir de cette rencontre, le destin de Gaspard traverse bien des **péripéties**. Il tombe amoureux et connaît un chagrin d'amour. Cet amour transforme le roi : il apprend qu'il est différent et il en est malheureux.

Fasciné par la blonde Biltine, lui qui ne savait pas qu'il était noir, il en vient à être dégoûté de la couleur de sa peau. Mais, au cours de voyages qui le mènent, guidé par la comète, à Bethléem en passant par Hébron et Jérusalem, notre héros réapprend progressivement le bonheur et l'estime de lui-même. Enfin, la révélation qu'il connaît à Bethléem lui permet de retrouver une situation d'équilibre. La **situation finale** conduit à un Gaspard réconcilié avec lui-même, qui raconte son histoire à ses petits-enfants.

L'art du conteur

Un conteur doit captiver l'attention de ses auditeurs ou de ses lecteurs. Pour s'assurer qu'ils suivent bien l'histoire, il peut être amené à répéter certains des épisodes, ou à les résumer. Et c'est ce que fait Michel Tournier à plusieurs reprises, par exemple lorsque Gaspard, après avoir chassé Biltine du palais, raconte à son astrologue sa mésaventure amoureuse, c'est aussi une occasion pour le lecteur de faire le point à ce moment de l'histoire (p. 41) :

> [Gaspard] avait découvert la négritude et il ne l'aimait pas, pas plus qu'il ne s'aimait lui-même.

Puis à la fin de l'histoire, c'est le petit-fils du roi qui rappelle l'histoire d'amour de son grand-père. Pour finir, quand Gaspard médite sur sa propre histoire, c'est encore une occasion pour le narrateur de la remémorer.

A. S. L. 1

L'univers de la nouvelle

Un contexte géographique précis
Ce qu'on a dit de Méroé plus haut n'empêche pas qu'on peut la situer bien précisément sur la carte de géographie de la page 209, ainsi que tous les lieux traversés par le héros.

Jérusalem fait également partie de notre actualité de lecteurs et elle ne peut pas être uniquement assimilée à un lieu mythique.

Un contexte historique attesté
La mention de la construction du Temple de Jérusalem permet de dater précisément les événements : les Hébreux l'ont édifié pour y abriter l'Arche d'Alliance contenant les Tables de la Loi, après leur Exode, une fois arrivés à Jérusalem sous le règne de Salomon (970-930 av. J.-C.). Ce temple a été détruit vers 587 av. J.-C. par les Babyloniens, avant d'être reconstruit au Ier siècle apr. J.-C., sous la direction d'Hérode (roi des Juifs de 40 à 4 av. J.-C.) qui tenait son pouvoir des Romains. Hérode est donc bien un personnage historique qui a vraiment existé !

Gaspard, un personnage en évolution
Gaspard n'est pas un archétype : c'est un homme que nous pourrions croiser dans notre vie. Il possède ses caractéristiques propres : il aime rêver, le soir, sur les terrasses de son palais, il s'intéresse aux choses de la nature, il rêve de faire une grande randonnée dans le désert, il n'aime pas qu'on le remarque quand il se promène, il est capable de gagner ses appartements sans un mot quand il est accablé de chagrin… et l'on pourrait multiplier les exemples.

Quant à son évolution, nous avons montré comment Gaspard

n'est plus le même au début et à la fin du récit. Lui qui incarne la maturité au début du récit, il se retrouve grand-père à la fin !

Tous ces éléments tireraient la fiction plutôt du côté de la nouvelle. Étudions un élément décisif qui peut faire basculer l'histoire de l'un ou de l'autre côté.

Le statut du « miracle » : étude de la fin du texte

Un miracle est un fait extraordinaire où l'on croit reconnaître une intervention divine bienveillante, auquel on confère une signification spirituelle. Mais cela peut être aussi une chose admirable dont la réalité semble extraordinaire. Ici, le miracle consiste en ce que l'Enfant Jésus est noir, comme Gaspard, alors que ses parents Marie et Joseph sont blancs.

Remarquons tout d'abord le changement du narrateur : c'est désormais Gaspard qui raconte ce qu'il a vu : on a donc affaire à sa version de l'histoire, différente de celle d'un narrateur extérieur à l'histoire. Il se peut que Gaspard arrange la réalité à sa convenance : c'est ce qu'on appelle la « subjectivité ». D'autre part, Gaspard raconte l'histoire à ses petits-enfants, c'est-à-dire bien des années après les faits : avec le temps, sa mémoire peut avoir modifié la réalité. Enfin, il concède qu'il « faisait un peu sombre » : Gaspard peut avoir mal vu.

Gaspard a-t-il vu, oui ou non, ce qu'il a vu ? C'est la question que nous, lecteurs, pouvons nous poser, et lorsque le lecteur ne peut trancher entre l'extraordinaire et la réalité, c'est que le récit peut être versé dans le genre fantastique.

A. S. L. 1

Conte ou nouvelle ?...
histoire exemplaire

La consolation de Gaspard
Michel Tournier explique que, dans son roman *Gaspard, Melchior et Balthazar*, il a prêté à chacun des mages une aventure personnelle « exemplaire » qui devait le conduire à la crèche. Gaspard est un roi noir qui n'a jamais vu de Blancs. Quand il découvre la blonde Biltine dans un marché aux esclaves, il l'achète d'abord par curiosité ethnographique, pour la mettre dans son zoo, mais, fasciné par sa blondeur, il s'éprend d'elle. C'est un amour malheureux, car il apparaît bientôt qu'elle lui préfère un autre Blanc. Peut-on en conclure que l'amour est raciste ? La question peut se poser à la fois quand Biltine éprouve de l'écœurement pour le roi et quand Gaspard en vient à se dégoûter lui-même d'être noir. Mais l'auteur va plus loin.

C'est pour se guérir de son chagrin d'amour et pour se réconcilier avec sa couleur de peau que Gaspard entreprend un vaste périple vers le nord jusqu'à la crèche. Meurtri par les signes qu'il a reçus de son infériorité comme « nègre » en pays de Blancs, il est consolé par le « miracle » réalisé pour lui par Jésus. En se penchant sur l'enfant, il s'aperçoit que le fils de Dieu est noir avec des cheveux crépus, comme tous les enfants de Méroé. Ainsi donc, le Fils de Dieu est noir, comme lui !

Une identification logique
À Hébron, où la tradition veut que Yahvé (le Dieu des juifs) ait modelé le premier homme, il ramasse un peu de terre et constate qu'elle n'est pas blanche mais brune, ocre et même noire. Elle s'accorde avec l'étymologie du nom même d'Adam : *Adamah* veut dire « terre ocre » en hébreu. Par conséquent, si le

premier homme était noir, il est logique que Jésus, nouvel Adam régénéré, soit lui-même un homme de couleur.

L'histoire de Gaspard est exemplaire en ce qu'elle semble dire qu'aucune race ne peut revendiquer l'exclusivité du Sauveur et qu'il est parfaitement admissible que les Africains représentent Jésus noir et, pourquoi pas ?, les Asiatiques avec leurs propres caractéristiques raciales.

Orienter la lecture

L'histoire de Gaspard est aussi un exemple. Peu importe que nous ne sachions pas bien la classer dans le conte ou la nouvelle, c'est-à-dire que nous ne sachions pas dire vraiment s'il y a eu une apparition miraculeuse ou simplement l'autosuggestion d'un homme qui a vu dans la crèche ce qu'il voulait bien y voir.

Le vrai miracle n'est pas là, pas plus que le sens de l'histoire ne semble y être. Le Divin n'a pas besoin d'accomplir des choses extraordinaires ou hors du commun pour redonner espoir aux hommes : il suffit seulement de la venue d'un enfant pour qu'un être meurtri au plus profond de lui-même puisse être consolé. Ainsi les deux autres histoires devront se lire comme des contes, mais aussi comme des itinéraires d'hommes tourmentés par des questions qui les touchent au plus profond de leur vie, de leur cœur, de leur corps et à qui la crèche va donner des réponses précises.

à vous...

Retrouver
Retrouvez dans le récit l'étymologie, c'est-à-dire l'origine, des mots « comète » et « Adam ».

Chercher
Cherchez dans un dictionnaire l'étymologie des mots : « blanc » et « noir ».
Donnez un autre adjectif formé à partir de l'étymologie de « noir ».
Trouvez dans le texte deux éléments auxquels le blanc et le noir sont comparés.
À quels objets associe-t-on aussi habituellement le noir et le blanc ?
Qu'est-ce que symbolisent ces deux couleurs ?
Dans quelles circonstances, de nos jours, porte-t-on du blanc et du noir ?

Faire l'inventaire
Cherchez, dans le texte, tous les personnages ou les animaux qui sont blancs et ceux qui sont noirs.
Quelles sont les autres couleurs évoquées ?

Se documenter
Auprès de votre professeur d'arts plastiques, renseignez-vous pour savoir si le « blanc » et le « noir » peuvent être considérés comme des couleurs comme les autres ?

Interpréter
« Gaspard », dans la tradition, est plutôt représenté avec un visage rouge. À votre avis, pourquoi Michel Tournier en a-t-il fait le roi noir ?

BALTHAZAR

Le Roi mage des images

Il était une fois en Babylonie un petit royaume, le Nipour, dont l'héritier s'appelait le prince Balthazar. Or ce jeune homme n'aimait passionnément ni les chevaux, ni la pâtisserie, ni les armes, ni les femmes, ni l'or. Non, ce qu'il aimait passionnément, le prince Balthazar, c'était les œuvres d'art et surtout le dessin, la peinture et la sculpture. Alors que ses voisins, princes et rois, ne songeaient qu'à la chasse, à la guerre et aux conquêtes, Balthazar ne rêvait que chasse aux trésors artistiques, paix studieuse et conquête des plus grands artistes de son temps. Car il avait bien vite compris – après quelques essais médiocres – qu'il ne serait jamais lui-même ni dessinateur, ni peintre, ni sculpteur, mais, puisqu'il était appelé à devenir roi, que sa vocation serait de réunir autour de lui les plus belles œuvres du passé et les plus brillants créateurs du présent.

Tout avait commencé le matin où Balthazar avait découvert sur son balcon un beau papillon diapré qui se dégourdissait lentement du froid de la nuit. L'insecte progressait à petits pas en faisant fonctionner ses grandes ailes bleu et mauve au ralenti. Il avait ainsi escaladé le doigt que le prince avait posé devant lui. Puis le mouvement des ailes s'était accéléré, et, comme le prince levait la main bien haut vers le ciel, le papillon s'était envolé d'une allure zigzagante et indécise en direction de la vallée où coulait un affluent du Tigre.

Cette vallée, dont la profondeur verdoyante se perdait dans la brume, Balthazar ne cessait d'en rêver et il mûrissait le projet d'y descendre seul un jour pour voir, pour découvrir, pour apprendre… il ne savait quoi. Mais auparavant, il convoqua le régisseur chargé de l'entretien du palais, et il lui commanda un étrange appareil dont il lui remit le plan. Il s'agissait d'une baguette de jonc terminée par un cercle de métal, lui-même coiffé par une sorte de bonnet en tissu a grosses mailles. Le prince Balthazar venait d'inventer le filet à papillons. Et c'est armé de cet engin gracieux et ridicule qu'il s'élança un matin vers la vallée des papillons.

Ailé de joie chantante, il sautait de rocher en rocher, franchissait les ruisseaux, traversait des prairies dont les hautes fleurs lui caressaient les joues. Plus il s'éloignait des monts où était construite la sévère forteresse de ses pères, plus l'air s'adoucissait, plus le paysage riait, plus nombreux aussi étaient les papillons qui voletaient autour de sa tête. Or il ne se hâtait pas de les capturer, car il avait remarqué qu'ils semblaient tous venir du même point, un petit bois d'eucalyptus sous lesquels on devinait quelques toitures couronnées d'une fumée légère. Il paraissait donc qu'une sorte de ferme se cachait là, et que le jeune prince y trouverait le secret des papillons.

C'était bien une ferme, en effet, et le nuage qui s'élevait d'une de ses cheminées n'était pas un nuage de fumée, comme on aurait pu le croire de loin, mais une multitude de petits papillons, tous semblables, gris clair, presque translucides.

Un chien se précipita à sa rencontre en aboyant, comme il entrait dans une cour formée par trois bâtiments à toits de palme. Un homme en sortit, grand, maigre, drapé dans une tunique jaune à manches longues. Il tendit la main à Balthazar, non pour le saluer, mais pour le débarrasser de son filet à papillons. Balthazar lui dit qui il était, et qu'il avait quitté le matin même le palais de Nipour. L'homme se présenta à son tour : Maalek, maître des papillons. Et comme pour justifier ce titre, il invita l'enfant à visiter son étrange domaine.

La première maison était celle des chenilles. Elles étaient là par milliers, perchées sur des rameaux feuillus, et le bruit qu'elles faisaient en dévorant les feuilles emplissait l'air d'un crépitement assourdissant. Ces chenilles étaient de cent espèces différentes, lisses comme des serpents ou velues comme des ours, brunes, vertes ou dorées, mais toutes se composaient de douze anneaux articulés, terminés par une tête ronde à la mâchoire formidable.

Ensuite Maalek l'entraîna dans la seconde maison : c'était celle des cocons. Là, plus de mouvement, plus de bruit. On ne voyait que des branchettes de bois sec, chargées de petits fruits étranges, enveloppés dans des housses de soie. La vie se cache dans le cocon, car la chrysalide y travaille à sa métamorphose. Bientôt, le papillon terminé ronge le sommet du cocon et en sort humide, tremblant et tout fripé encore.

Enfin, Balthazar fut conduit dans une petite pièce où régnait une violente odeur de résine. C'était là que les papillons qu'on voulait conserver étaient asphyxiés à l'aide d'un bâtonnet enflammé, enduit de myrrhe. La myrrhe est une résine dont les anciens Égyptiens se servaient pour embaumer leurs morts et en faire des momies. Maalek donna en souvenir à Balthazar un bloc de myrrhe. Cela ressemblait à un savon rougeâtre, un peu gras et très parfumé.

Les murs de la pièce étaient couverts par des milliers de papillons exposés dans des boîtes de cristal. Il y en avait de toutes les tailles, formes et couleurs.

Mais ceux que Balthazar admira le plus possédaient des «sabres», prolongements fins et recourbés des ailes inférieures, et on voyait sur leur corps un écusson en forme de dessin souvent géométrique, parfois en forme de tête humaine. On les appelait des *Chevaliers Portenseignes*.

Maalek en choisit un et le donna à son jeune visiteur en affirmant que c'était son portrait qu'on voyait dessiné sur son thorax. Et il décida que ce papillon s'appellerait le *Portenseigne Balthazar*.

Le lendemain, le prince reprit le chemin de Nipour. Il avait laissé à Maalek son filet à papillons, mais il serrait sur son cœur une petite boîte où le Portenseigne Balthazar étendait ses ailes. Il emportait aussi dans sa poche le bloc de myrrhe, cette substance grâce à laquelle les morts égyptiens et les beaux papillons durent éternellement.

Balthazar ne fut pas seulement grondé pour cette escapade imprévue qui avait inquiété ses parents. Il devait à cette occasion découvrir la force d'une loi religieuse du royaume de Nipour qui interdisait les images en général et les portraits en particulier[1]. Très imprudemment, il avait montré à tout le monde son beau papillon en affirmant que c'était son portrait que l'on voyait gravé sur le corselet de l'insecte.

---

1. Cette loi existe encore actuellement dans les religions juive et musulmane.

Il n'avait pas remarqué les grimaces de désapprobation qu'avaient faites certaines personnes pieuses en l'entendant. Mais un jour, en rentrant dans sa chambre, il trouva par terre la boîte de verre et le Chevalier Portenseigne écrasés comme avec un caillou ou une massue. Tout le monde resta sourd à ses cris et à ses protestations. Il ne put jamais savoir qui avait commis cet acte barbare, bien qu'il soupçonnât un jeune prêtre fanatique, le vicaire Cheddâd.

Un peu plus tard, Balthazar obtint de son père de voyager dans les pays voisins les plus riches en œuvres d'art. Il découvrit ainsi les pyramides et le sphinx d'Égypte, le Parthénon de la Grèce, les mosaïques de Carthage, les tapisseries de Chaldée, les fresques d'Herculanum. Il rapporta de nombreux souvenirs glanés au cours de son voyage, mais surtout il revint avec la certitude qu'il n'y aurait jamais rien dans sa vie qui fût plus important que la beauté et les œuvres d'art qui la célèbrent.

Il avait dix-huit ans quand son père l'interrogea, un jour, sur ses projets. Balthazar était appelé à lui succéder sur le trône de Nipour. Rien ne pressait évidemment, mais un roi devait se marier, car il convenait qu'il y eût dans les cérémonies une reine à ses côtés. Cette idée de fiançailles et de mariage prit le jeune homme tout à fait au dépourvu. Il ne s'était jamais intéressé qu'à des femmes peintes ou sculptées. Or c'est justement par cette voie que le destin devait le mener au mariage.

Des caravanes arrivant par la vallée du Tigre venaient de déverser dans les souks de Nipour des bijoux, des tentures, des vêtements brodés. Selon son habitude, Balthazar s'était précipité pour faire son choix dans ce bric-à-brac qui sentait le désert et l'Orient. C'est ainsi qu'il trouva un ancien miroir sur lequel on avait peint un portrait. Il s'agissait d'une jeune fille très pâle, aux yeux bleus et dont l'abondante chevelure noire croulait sur son front et ses épaules. Elle avait l'air grave, et comme elle paraissait très jeune, on aurait pu lui trouver la mine un peu boudeuse.

Balthazar évidemment ne savait rien sur elle. Peut-être était-elle née un siècle plus tôt, peut-être n'avait-elle jamais existé ? Cette incertitude même entourait de mystère et de charme le visage juvénile et mélancolique du portrait.

À quelque temps de là, le roi fit une courte apparition dans les appartements de son fils. Apercevant le miroir peint, il lui demanda qui était cette jeune fille.

– C'est la femme que j'aime et que je veux comme épouse, répondit Balthazar, surpris lui-même de cette idée qui lui était venue à l'instant.

Mais il dut bien avouer ensuite qu'il n'avait aucune idée de son nom, de ses origines, ni même de son âge. Le roi haussa les épaules et se dirigea vers la porte. Puis il se ravisa et revint vers lui.

— Veux-tu me confier ce portrait trois jours ? lui demanda-t-il.

Trois jours plus tard, il reparaissait chez Balthazar, le miroir peint à la main.

— Voilà, lui dit-il, elle s'appelle Malvina et demeure à la cour du roi d'Hyrcanie dont elle est une nièce éloignée. Elle a comme toi dix-huit ans. Veux-tu que je la demande pour toi ?

Pour identifier la jeune fille du portrait, il avait envoyé une foule d'enquêteurs interroger les caravaniers venant du nord et du nord-ouest. Balthazar accepta avec une joie un peu officielle ce projet de mariage.

Trois mois plus tard, Malvina et lui étaient unis, le visage couvert d'un voile selon la coutume de Nipour.

C'était donc avec une ardente curiosité qu'il attendait le moment où, d'une main tremblante, il dévoilerait sa jeune femme. Son visage serait-il fidèle au portrait qu'il aimait ?

Il faut avouer que ses sentiments étaient bien étranges. Les autres jeunes gens aimaient une femme et emportaient avec eux un portrait qui lui ressemblait. Lui, c'était un portrait qu'il aimait, et il attendait de sa jeune épouse qu'elle ressemblât à ce portrait !

Il ne fut pas déçu. Malvina était aussi belle que son image. D'ailleurs, Balthazar pouvait en juger jour et nuit, car le miroir peint était pendu en bonne place au mur de leur chambre conjugale.

Au commencement donc, tout alla le mieux du monde. Mais les années passant, Malvina évoluant de la frêle jeune fille vers la beauté épanouie d'une matrone orientale, Balthazar ne pouvait se dissimuler qu'elle perdait peu à peu toute ressemblance avec l'image gracieuse et mélancolique qui continuait à lui chauffer le cœur chaque fois qu'il la regardait.

Sa fille aînée, Miranda, devait avoir sept ans quand elle s'aventura un matin dans la chambre de ses parents. Désignant du doigt le miroir peint, elle demanda qui c'était. Se pouvait-il qu'elle ne reconnût pas sa mère !
– Regarde bien, lui dit son père, c'est quelqu'un que tu connais.
Elle gardait obstinément le silence en secouant ses boucles sombres, un silence insultant pour sa mère et qui remplissait Balthazar de tristesse. S'il avait eu le moindre doute sur le changement subi par son épouse, la brutale franchise de la fillette le lui eût enlevé. C'est alors qu'il fut frappé comme la foudre par la ressemblance évidente du visage de la fillette – enfantin, mais grave aussi, un peu boudeur

— avec celui reproduit sur le miroir, une ressemblance qui allait bien sûr s'accentuer d'année en année.

— Eh bien ! lui dit-il, c'est toi, c'est toi quand tu seras grande. Alors, tu vas emporter ce portrait. Je te le donne, car il n'a plus sa place ici. Tu vas le mettre au-dessus de ton lit, et chaque matin tu le regarderas et tu diras : « Bonjour, Miranda ! » Et de jour en jour, tu verras, tu te rapprocheras de cette image.

Il présenta le portrait aux yeux de la fillette, laquelle docilement s'inclina en disant : « Bonjour, Miranda ! » Puis elle le mit sous son bras et s'enfuit.

Ainsi Balthazar s'était débarrassé de cet objet devenu maléfique, car non seulement il le détournait chaque jour davantage de son épouse, mais voici qu'il menaçait maintenant de le rendre amoureux de sa propre fille.

Les années passèrent. Le roi ayant disparu, Balthazar lui succéda sur le trône de Nipour. Il s'attacha d'abord à régler dans la paix et la prospérité toutes les affaires du royaume. Puis il entreprit une série d'expéditions dont le but était de prendre connaissance des richesses artistiques des pays voisins. Mais, bien entendu, il ne se contentait pas de visiter et d'admirer. Comme il était riche, il achetait également des œuvres d'art. Et il lui arrivait aussi d'ouvrir des chantiers et de diriger des fouilles pour mettre à jour les trésors du passé. Il y avait ainsi un courant continuel de tableaux, de statues et de céramiques qui étaient acheminés vers Nipour sur le dos des chameaux et dans les cales des navires.

Balthazar fit construire un musée plus beau que son propre palais qu'il appela le *Balthazareum*. Il ne connaissait pas de plus grand bonheur que d'enrichir par ses efforts et ses sacrifices ce musée qui était l'œuvre de sa vie. Quand il venait d'acquérir une nouvelle merveille, il se réveillait la nuit pour rire de joie en l'imaginant exposée à la place qui lui reviendrait dans le musée.

Cependant, à force de rechercher, de collectionner et de contempler des œuvres d'art, Balthazar réfléchissait et se posait quelques questions. Ce que lui montraient l'art grec et plus encore l'art égyptien, c'était des dieux, des monstres sacrés, des héros surhumains, toujours des corps éclatants de force et de beauté, des visages illuminés par l'éternité, des attitudes d'une sublime noblesse, qu'il s'agisse d'Isis et d'Osiris, de Jupiter et de Diane, d'Hercule et du Minotaure. « Sans doute, sans doute, se disait-il, mais que deviennent dans tout cela la pitié, la tendresse, le sourire timide que fait naître la première lueur de l'aurore après une nuit d'angoisse ? » Car il savait regarder autour de lui la vie quotidienne et les gens ordinaires, et il avait vite découvert la beauté bouleversante qui peut se cacher dans une modeste servante, un mendiant pouilleux ou un petit enfant. Il comprenait de moins en moins que les artistes s'évadent toujours vers les hauteurs du ciel, et paraissent mépriser la vérité humaine de chaque jour, vouée à disparaître, enfouie souvent sous des ordures, mais d'autant plus précieuse et émouvante.

Il avait fait la connaissance d'un jeune artiste babylonien qui s'appelait Assour et qui semblait chercher comme lui la voie d'un art nouveau, plus proche de la vie concrète. Assour possédait des mains véritablement magiques. Quand Balthazar lui parlait, il ne manquait pas de regarder parfois ses mains toujours occupées a quelque tâche créatrice. Il griffonnait des esquisses sur un papyrus, ou bien, modelant une boule de glaise, il en faisait une rose, un ânon, une tête d'homme, un corps accroupi. Il le surprit une fois achevant un portrait de femme. Ce visage n'était ni jeune, ni beau, ni apprêté, bien au contraire. Mais il y avait comme un rayon de douceur dans ses yeux, dans son faible sourire, dans toute sa tête légèrement penchée.

– Hier, raconta alors Assour, je me trouvais près de la Fontaine du Prophète, celle qui coule si chichement et encore avec des interruptions capricieuses. L'eau venait tout juste de sourdre, claire et limpide ; des femmes et des enfants portant des cruches et des outres se disputaient l'abord de la margelle. Or il y avait au dernier rang un vieillard infirme qui n'avait pas la moindre chance de remplir la timbale de tôle qu'il tendait en tremblant. C'est alors que cette femme qui venait à grand-peine d'en tirer une amphore s'est approchée et a partagé son eau avec lui. Ce n'était rien, un geste d'amitié infime dans un monde où règnent la brutalité et la cruauté. Mais je n'ai pas oublié le visage de cette femme accomplissant son geste, la lumière venue du cœur qui l'embellissait divinement.

«C'est cela que j'ai voulu reproduire dans ce dessin, et j'avoue que j'y trouve une plus grande noblesse que dans les monstres égyptiens et les héros grecs.

Ainsi vivait et pensait le roi Balthazar entre ses expéditions artistiques et son beau musée. Jusqu'au jour où le malheur vint le frapper dans ce qu'il avait de plus cher.

Il se trouvait assez loin de son royaume, à Suse, et il faisait avec ses amis des recherches dans les tombes de la famille du roi Darius Ier. Ils venaient de remonter des caveaux des vases funéraires et des crânes incrustés de pierres précieuses, butin splendide mais maléfique, quand ils virent, accourant de l'ouest, un cheval noir ailé de poussière blanche. Ils eurent quelque peine à reconnaître dans le cavalier l'un des frères d'Assour, tant son visage était creusé par cinq jours de galopade éperdue et par la terrible nouvelle qu'il apportait. Le Balthazareum n'existait plus. Une émeute, partie des quartiers les plus misérables de la ville, l'avait assiégé. La foule avait massacré les fidèles gardiens qui tentaient d'en défendre les portes. Puis une mise à sac en règle n'avait rien laissé de ses trésors. Ce qui ne pouvait être emporté avait été brisé à coups de masse. D'après les cris et les étendards des émeutiers, c'était au nom de la loi condamnant les images peintes et sculptées que le soulèvement avait eu lieu. On voulait en finir avec ce musée qui ressemblait à un temple païen plein d'idoles et insultait à la majesté de Dieu.

Balthazar connaissait assez la populace de Nipour. Ce n'était certes pas des motifs religieux qui pouvaient la faire bouger. Bien plutôt, elle avait été payée par le vicaire Cheddâd qui n'avait pas renoncé à son fanatisme. Ainsi, à cinquante ans de distance, la main qui avait écrasé le beau papillon Portenseigne dont le corselet reproduisait le portrait du petit Balthazar, cette même main venait de détruire l'œuvre et la raison d'être du vieux Balthazar.

Longtemps le roi demeura blessé et silencieux au fond de son palais. Il avait soudain vieilli. Ses cheveux blancs, sa taille courbée, son regard éteint, les rares paroles qu'il prononçait, les repas succulents qu'il renvoyait aux cuisines sans y avoir touché, tout trahissait son découragement et sa tristesse.

Cela dura jusqu'au jour où l'apparition d'une comète dans le ciel de Nipour vint mettre les habitants en grand émoi. Une comète est une étoile qui s'enveloppe d'une sorte de chevelure de lumière tremblante. D'ailleurs le mot comète vient du grec et signifie *astre chevelu.* En outre, la course d'une comète n'obéit à aucune loi. C'est une promenade fantasque dans le ciel. Venue du sud, celle-ci évoluait en direction du nord-ouest.

Il faut également rappeler la croyance selon laquelle l'apparition d'une comète annonce des événements considérables, presque toujours sinistres, famine, tremblement de terre ou révolution.

Du fond de son marasme, Balthazar accueillit la nouvelle avec soulagement. Il était d'humeur si noire que tout changement important ne pouvait que lui faire du bien. Réunis en colloque, les astrologues du royaume discutaient éperdument de la nature et de la signification de l'astre chevelu. À leur surprise, le roi fit irruption parmi eux et affirma que cette comète ressuscitait en lumière céleste le beau papillon de son enfance, qu'elle était de bon augure, et qu'il se préparait à la suivre avec une escorte légère, comme il avait jadis suivi un papillon, un filet à la main. Les astrologues furent bien obligés de s'incliner, mais ils partirent convaincus que leur malheureux roi, frappé par la destruction de son musée, avait perdu la raison.

C'est ainsi que, dans les premiers jours de décembre, le roi Balthazar prit le chemin du nord-ouest en brillant équipage, une cinquantaine d'hommes, vingt chevaux et tout ce qui est nécessaire au confort et au raffinement de la vie – tentes, vaisselles, provisions de bouche. Il convient d'ajouter que, rappelé à son enfance par l'évocation du papillon, le roi avait retrouvé dans un tiroir et emporté avec lui le bloc de myrrhe que lui avait jadis offert le sage Maalek.

Où allait donc le papillon de feu ? Vers le nord-ouest, avons-nous dit. Cela menait nos voyageurs en Judée, et même droit sur sa capitale, Jérusalem, où résidait le terrible roi des Juifs, Hérode le Grand. Mais la veille de leur entrée dans la ville, ils firent une étape à Hébron où ils eurent la surprise d'une bien curieuse rencontre. Il s'agissait d'un roi africain, et de sa suite, montant du sud, sur la trace lui aussi de la comète d'or.

Le roi Gaspard régnait sur Méroé, au sud de l'Égypte, non loin des sources du Nil. Il était noir et voyageait avec une escorte de dromadaires. Sa principale richesse semblait être une résine qui, en brûlant, répand une odeur exquise, et qu'on appelle l'encens. Pour le reste, il laissa entendre à mots couverts qu'il suivait la comète pour se changer les idées, ayant éprouvé un violent chagrin d'amour. Par pudeur, il n'en dit pas plus. Par discrétion, Balthazar ne chercha pas à en savoir davantage.

Les deux cortèges se mêlèrent, hommes blancs et hommes noirs, chevaux et dromadaires. Il faut préciser que Balthazar et Gaspard étaient très vite devenus des amis. Le lendemain, ils franchissaient ensemble la porte de Jérusalem. Prévenu par une délégation commune, le terrible roi Hérode avait décidé de se montrer accueillant, et les deux rois furent logés avec leur suite dans le palais même. Bientôt d'ailleurs, un troisième roi vint se joindre à Gaspard et à Balthazar. Mais peut-on vraiment parler de roi à propos du prince Melchior ? C'était un jeune homme pauvre et mélancolique qui voyageait à pied accompagné de son ancien précepteur. Le prince Melchior avait été chassé de son royaume – la Palmyrène – par son oncle, alors que la mort de son père aurait dû le faire monter sur le trône. L'oncle félon avait même tenté de faire assassiner le jeune Melchior, lequel tremblait encore d'être reconnu. Mis au courant de ces faits, Balthazar décida de recueillir le prince dépossédé, et il le cacha parmi ses propres pages.

Amateur d'art et d'architecture, Balthazar se passionnait pour tout ce qu'il y avait à voir dans le palais d'Hérode et plus encore dans le temple des Juifs dont on achevait justement la construction. Accompagné du jeune Assour, il parcourait les terrasses ombragées de toitures légères en sparterie, les escaliers grandioses taillés dans le granit, les esplanades bordées d'arcades, les salles d'honneur si vastes que les colonnes y faisaient comme une forêt de marbre vert. Pourtant, cette splendeur ne pouvait leur masquer la sévérité farouche de ces lieux : pas une peinture, pas une fresque, pas une statue. L'interdiction des images peintes et sculptées imposée par la loi juive était respectée ici avec la plus extrême rigueur. Balthazar et Assour se sentaient tristes et oppressés dans ce palais et dans ce temple que seuls décoraient de rares et secs motifs géométriques. Il y avait pourtant une exception – une seule – à cette règle. Au-dessus de la grande porte du temple était placé, les ailes ouvertes, un grand aigle d'or. Les visiteurs allaient apprendre son histoire de la bouche même du maître des lieux.

Un soir, en effet, le roi Hérode donna un grand banquet en l'honneur des rois venus d'Orient. Ce fut une soirée mémorable au cours de laquelle, notamment, le conteur indien Sangali raconta l'histoire de Barbedor. Quant aux mets qui furent servis, il y avait de quoi surprendre même des voyageurs venus du bout du monde. Après des scarabées dorés grillés dans du sel, des cervelles de paon, des yeux de mouflon et des langues de chamelon, on servit comme plat de résistance des vautours rôtis avec une garniture de trompettes de la mort.

Le roi Hérode menait la conversation, et, par courtoisie, il parlait à chacun de ce qu'il savait le préoccuper au premier chef. C'est ainsi que, s'adressant au roi Balthazar, il aborda le sujet des œuvres d'art et de l'interdiction que la religion faisait peser sur elles.

— Je n'ignore rien, lui dit-il, de la destruction de ton Balthazareum. Ma police est partout. Si tu veux la liste des coupables, je la tiens à ta disposition. Mais laisse-moi te dire que tu t'es montré en la circonstance d'une mollesse déplorable. Il fallait frapper, tu m'entends, frapper sans pitié au lieu de gémir et de laisser blanchir tes cheveux. Tu aimes la peinture, la sculpture, le dessin, les images. Moi aussi. Tu es fou d'art grec. Moi aussi. Tu te heurtes au stupide fanatisme de tes prêtres. Moi aussi. Mais écoute l'histoire de l'aigle du temple.

« Comme tu as pu le voir, je viens de terminer la construction du nouveau temple de Jérusalem. Entreprise gigantesque ! Le nombre des ouvriers qui y ont travaillé dépasse dix-huit mille. Comme le Saint des Saints ne doit pas être touché par des mains profanes, il fut rebâti par des prêtres en ornements à qui on avait enseigné la taille et la maçonnerie. Sur le fronton du portail, j'ai fait planer les ailes ouvertes un aigle d'or de six coudées[1] d'envergure. Pourquoi cet aigle ? Parce qu'il est l'emblème de Rome, notre grande et fidèle alliée, à qui nous devons paix et prospérité.

« Or il se trouve qu'étant malade, les médecins me conseillent le repos à la campagne. Je me retire dans un jardin que j'ai à Jéricho, et je me soumets à une cure de bains chauds et sulfureux. Je ne sais pourquoi, peu après, le bruit de ma mort se répand à Jérusalem. Aussitôt, deux docteurs, Judas et Mattatias, rassemblent leurs élèves et leur expliquent qu'il faut abattre cet emblème qui viole la loi interdisant les images et rappelle la domination romaine. En plein midi, alors que le parvis du temple grouille de monde, des jeunes gens grimpent sur le toit de l'édifice. À l'aide de cordes, ils se laissent glisser jusqu'à la hauteur du fronton, et là, à coups de hache, ils mettent en morceaux l'aigle d'or. Malheur à eux, car Hérode le Grand n'est pas mort ! Les gardiens du temple et les soldats interviennent. On arrête les profanateurs et ceux qui les excitaient, en tout une quarantaine d'hommes. Ils sont jugés, condamnés. D'ailleurs, j'assiste au procès, couché sur une civière. Ils auront la tête tranchée, sauf Judas et Mattatias qui seront brûlés vifs. Voilà, Balthazar,

---

1. Une coudée égale environ cinquante centimètres.

comment un roi qui a l'amour de l'art doit défendre les chefs-d'œuvre!

Le roi de Nipour avait écouté ce discours véhément qui s'adressait tout particulièrement à lui. Invité d'Hérode, moins âgé et moins puissant que lui, il se tut par courtoisie. Mais il n'en pensait pas moins, et il était bien loin de partager les vues du tyran. L'amour de l'art? Mais comment l'amour de l'art pouvait-il inspirer tant de haine et de violence? L'art n'était-il pas, au contraire, toujours un encouragement à la douceur, à la générosité, à la fraternité? L'œuvre d'art n'était-elle pas, par son seul rayonnement, la plus belle leçon de morale qui existe? C'était du moins ainsi que l'entendait Balthazar.

Cependant, Hérode avait changé de sujet. Il parlait maintenant de la fameuse comète dont tout le monde se demandait ce qu'elle signifiait : bonne nouvelle ou mauvais augure. Il avait réuni ses astrologues et leur avait demandé de se prononcer. Or ceux-ci, en hochant leur chapeau pointu et en agitant leurs manches vastes comme des ailes, avaient expliqué qu'à une journée de Jérusalem, dans un bourg appelé Bethléem était né un enfant qui serait le futur roi des Juifs. Au demeurant, c'était déjà à Bethléem qu'était né, mille ans auparavant, le grand roi David.

Hérode ne paraissait guère croire à cette comète et à la naissance d'un petit roi des Juifs. Du moins faisait-il mine de prendre cette histoire à la légère. Mais comment se fier à ce vieillard rusé et cruel ? Le voici maintenant qui explique aux rois mages qu'il irait volontiers à Bethléem rendre hommage à l'Enfant-Roi. Mais il est faible et malade. Il ne supporterait pas les fatigues du voyage. Qu'ils y aillent donc à sa place. Il les délègue en quelque sorte. Qu'ils y aillent et reviennent ensuite à Jérusalem lui rendre compte de ce qu'ils auront vu. Mais qu'ils ne s'avisent pas de le trahir, car sa vengeance serait terrible.

Le cortège s'est formé à nouveau et se dirige maintenant vers le sud. C'est un somptueux équipage qui mêle hommes blancs et hommes noirs, chevaux et dromadaires, chiens lévriers et perroquets verts. Les pauvres paysans qui voient passer cette cavalcade sont effarés par ces cliquetis de mors, d'étriers et d'armes, par ces ordres et ces appels lancés dans des langues inconnues, par le reflet des torches sur les casques et les boucliers. La route à suivre est facile, car non seulement on sait qu'on se rend à Bethléem, mais jamais la comète n'a été aussi lumineuse et sa signification aussi évidente. Bercé par le pas de sa jument, Balthazar a les yeux fixés sur elle, et il continue à voir en elle un papillon de feu, le Portenseigne de son enfance miraculeusement revenu pour illuminer sa vieillesse. Dans son esprit, deux drames se confondent désormais : la populace de Nipour détruisant son cher Balthazareum, et la révolte des jeunes de Jérusalem abattant l'aigle du temple. Parfois, il jette un coup d'œil sur sa droite, et il observe son jeune compagnon Assour, plongé lui aussi dans ses pensées. Or Balthazar devine les pensées d'Assour, parce qu'il partage ses doutes et son attente.

L'aigle d'or du temple de Jérusalem était bien de la même famille que les dieux, les héros et les monstres du Balthazareum : des produits de cet art surhumain, orgueilleux qui ressemble à un défi lancé par la terre au ciel, une sorte de conquête par l'artiste de l'éternité. Hérode était bien incapable d'imaginer un art nouveau fait de douceur et de tendresse, et qui saurait célébrer la splendeur des gens simples et des choses de tous les jours.

Balthazar et Assour se demandent également ce qu'ils vont trouver à Bethléem. On leur a parlé d'un enfant qui serait le futur roi des Juifs. Vont-ils donc se présenter à Bethléem – comme ce fut le cas à Jérusalem – à la porte d'un immense palais qui s'ouvrirait pour eux, et une cour brillante va-t-elle les accueillir ?

Ils sont d'abord surpris de trouver Bethléem si humble. On leur avait dit : une bourgade, où mille ans auparavant était né le grand roi David. Or il s'agit tout au plus d'un gros village posé sur le dos d'une colline, dont les maisons toutes pareilles s'agrémentent de modestes terrasses et de petits jardins limités par des murets de pierres sèches. Comment trouver la résidence d'un roi parmi ces banales maisons ? Heureusement, la comète est là, fidèle au rendez-vous, enfin immobile, comme une veilleuse au-dessus d'un sanctuaire, et, lorsque le cortège des rois est parvenu au centre du village, une coulée de lumière en descend et tombe sur une misérable bergerie.

Les compagnons de Balthazar s'arrêtent stupéfaits. Non seulement il n'y a ni palais ni demeure royale à Bethléem, mais voici que la comète désigne de son doigt de feu la plus misérable masure. Il y a malentendu… ou dérision. Seul Balthazar commence à comprendre. Quant à Assour, son sourire veut dire sans doute qu'il a, lui, tout à fait compris.

Ils mettent pied à terre et poussent la porte de planches vermoulues de ce qui doit être une bergerie, une étable ou une écurie. Ce qu'ils voient en premier dans la chaude pénombre intérieure, c'est un rayon de lumière qui traverse la toiture de chaume et tombe sur un petit enfant niché dans la paille. Ce rayon de lumière vient sans doute de la comète, mais il a aussi vaguement forme humaine. On dirait un géant lumineux debout et qui accomplirait des gestes lents et majestueux. Un géant ou un ange peut-être... Mais il y a aussi des silhouettes, tout humaines, une femme très jeune, presque une adolescente, un homme plus âgé, aux allures d'artisan, des villageois, des servantes, des bergers aussi, tout un menu peuple mystérieusement attiré par cette naissance d'une pauvreté presque sauvage. Et il ne manque même pas, dans ce réduit sentant le foin et le cuir des harnais, la haute et rassurante silhouette d'un bœuf et d'un âne qui abaissent leur lourde tête vers le berceau de paille.

Balthazar s'agenouille le premier à la fois par dévotion et pour voir de plus près le bébé qui tend ses petits bras vers lui. Il dépose en offrande le bloc de myrrhe, cette résine odorante qui confère l'immortalité au corps des papillons et à celui des Égyptiens. Mais voici qu'à côté de lui s'agenouille à son tour Gaspard, le roi noir, qui porte une cassolette remplie de charbons ardents. Avec une cuiller d'or, il verse sur les braises un peu de poudre d'encens, et des volutes de fumée bleue montent et se tordent dans la colonne de lumière toujours debout et mouvante au centre de l'étable.

Puis les rois reculent dans l'ombre pour laisser place à tous ceux qui veulent approcher également et adorer l'Enfant-Dieu. C'est ainsi que Balthazar retrouve Assour, resté volontairement en retrait, et qui adore lui aussi, mais à sa manière, c'est-à-dire une feuille de parchemin et un fusain à la main. Ils échangent quelques mots – le roi de Nipour et le petit dessinateur babylonien – mais il est bien difficile de savoir auquel revient telle ou telle phrase dont l'écho est arrivé jusqu'à nous.

– Ce n'est qu'un petit enfant né dans la paille entre un bœuf et un âne, dit l'un, pourtant une colonne de lumière veille sur lui et atteste sa majesté.

– Oui, dit l'autre, car cette étable est un temple, et si le père a l'air d'un artisan charpentier et la mère toutes les apparences d'une petite servante, cet homme est un patriarche et cette femme une vierge immaculée.

– Nous assistons à cette heure à la naissance d'un art nouveau qu'on appelle l'art chrétien. Cette maman clocharde penchée sur son petit clochardot manifeste à nos yeux la descente de Dieu au plus épais de notre misérable humanité.

– Nous allons retourner à Nipour afin d'y porter la bonne nouvelle. Nous convaincrons les peuples, mais aussi les prêtres, et même ce vieux Cheddâd tout racorni dans son fanatisme : l'image est sauvée, l'art n'est plus maudit. Le visage et le corps de l'homme peuvent être célébrés sans idolâtrie, puisque Dieu a pris ce visage et ce corps.

– Je vais reconstruire le Balthazareum, mais non plus pour y collectionner des statues grecques et égyptiennes. Je vais y faire travailler des artistes d'aujourd'hui qui créeront les premiers chefs-d'œuvre de l'art chrétien.

C'est alors que Balthazar se penche sur le dessin qu'Assour est en train d'achever à traits rapides. N'est-ce pas justement le tout premier de ces chefs-d'œuvre, et comme leur matrice ? Tournant le parchemin vers la colonne de lumière pour voir ce qui s'y trouve figuré, Balthazar voit des personnages chargés d'or et de pourpre, venus d'un Orient fabuleux, qui se prosternent dans une étable misérable devant un petit enfant.

Or ce simple dessin ne ressemble à rien de ce que Balthazar – pourtant grand connaisseur d'art – a pu voir dans les nombreux pays où il a voyagé. Il y a là des ombres, des parties, au contraire, vivement éclairées, un jeu subtil d'oppositions entre le clair et l'obscur qui donnent une profondeur et un mystère admirables à toute la scène.

– Forcément, dit Assour, comme pour excuser l'audace de son œuvre, cette étable ténébreuse, avec ces éclairs de lumière, ces silhouettes noires, ces visages blancs…

– Forcément, dit Balthazar émerveillé par la prodigieuse nouveauté de ce dessin, tant de pauvreté mêlée à tant de splendeur, la grandeur divine incarnée dans la misère humaine… C'est la première image sacrée, celle qui va féconder des siècles et des siècles de peinture.

Et Assour, éperdu de joie, regarde devant lui, droit dans la colonne de lumière, et il y voit l'avenir comme une immense galerie de miroirs où se reflète, chaque fois selon l'esprit d'une époque différente, la même scène reconnaissable : l'Adoration des Mages.

Arrêt sur lecture 2

Dans l'Arrêt précédent, nous avons vu que c'est pour répondre à une interrogation personnelle qui lui tient particulièrement à cœur que le Roi mage entreprend le voyage à Bethléem. Or, le titre du deuxième conte nous met sur la voie : Balthazar est le « Roi mage des images ». S'il prend le chemin de la crèche, c'est donc que le tourmente une question concernant l'image, la représentation, autrement dit : l'art.

Qui est donc Balthazar ?

Souvenirs du premier conte
Souvenez-vous : Balthazar, nous l'avons déjà croisé dans le premier récit. Gaspard fait alors sa rencontre à Hébron et nous apprenons à ce moment-là que Balthazar IV est le roi de la principauté chaldéenne de Nipour, c'est-à-dire d'un royaume de l'est. Nipour se situe légèrement au sud-est de Babylone, en Mésopotamie (étymologiquement, en grec, la région située entre les deux fleuves que sont le Tigre et l'Euphrate). Le

royaume de Balthazar se situerait donc actuellement en Irak. Nipour passe pour avoir été une cité intellectuelle. On y a retrouvé des centaines de tablettes écrites dans la première forme d'écriture du monde : le cunéiforme. À Nipour aussi, ont été inventées l'astrologie et l'astronomie.

Contrairement à Gaspard, le roi de Nipour voyage très confortablement et «son camp [frappe] par sa splendeur». Amateur d'art, il s'entoure, même en déplacement, d'artistes : des peintres, des dessinateurs, des sculpteurs et des musiciens.

Invité à souper, Gaspard est frappé par le luxe et le raffinement avec lesquels le roi le reçoit, et plus particulièrement par ces belles servantes brunes à la peau très blanche, que Balthazar fait venir, en son hommage, du pays de sa femme, la lointaine Hyrcanie, sur les bords de la mer Caspienne.

Son portrait dans le deuxième récit

Dès le début du deuxième récit, son portrait définit d'emblée Balthazar, en opposition avec les autres rois : c'est un souverain qui ne se passionne ni pour les chevaux, ni pour les armes, les femmes, ou l'or ; c'est-à-dire, ni pour la chasse, ni pour la guerre, les conquêtes territoriales ou féminines. Contrairement au prince Taor, gourmet et gourmand dont nous ne ferons la connaissance que dans la troisième histoire, Balthazar ne se rendrait pas non plus fou pour un bon petit plat ! Non, ce qui enthousiasme notre roi, l'auteur nous avait déjà prévenus dans le premier récit, c'est l'art.

Mais, malgré cette passion, comme il est appelé à devenir roi, Balthazar sait qu'il ne peut devenir artiste. Néanmoins, sa fonction de souverain lui permettra de réunir les œuvres du passé et du présent. Marqué par l'amour de l'art, le destin de Balthazar l'est aussi par les voyages. Contrairement à Gaspard, roi sédentaire qui ne décide de prendre la route que parce qu'il y est poussé par un chagrin d'amour, ce sont les voyages qui forgent la vie du roi de Nipour.

Les quatre voyages initiatiques de Balthazar

Au cours de sa vie, comme vous l'avez constaté au cours du récit, le Roi mage n'accomplit pas moins de quatre voyages, qui correspondent aux grandes étapes de son existence et la marquent profondément.

L'enfance, premier voyage
Sous le signe du papillon – À l'image du papillon, animal emblématique, dit « insecte parfait » ou *imago* (« image », en latin), parce qu'il se métamorphose complètement au cours des quatre phases de son développement (cocon, chenille, nymphe, puis chrysalide), Balthazar subira, lui aussi, des transformations importantes au cours de ses quatre voyages.

À l'issue de son **éphémère** équipée (d'une journée) hors du palais, parti à la poursuite du bel insecte, guidé par cette sorte de comète diurne, Balthazar découvre la liberté : il réalise enfin son rêve d'aller visiter la vallée des papillons. Muni de son filet, il n'aura pas l'occasion de s'en servir, car, plus que les papillons eux-mêmes, l'intéressent leur secret et le lieu de leur provenance : la ferme aux papillons. Plutôt que de les attraper, mieux vaut les contempler. Ainsi, après avoir visité la salle des chenilles et celle des cocons, il admire ensuite son tout premier musée : la petite salle d'exposition des papillons. Il y ressent ses premières émotions artistiques, devant ces chefs-d'œuvre de la nature aux mille couleurs et aux mille formes, dont certaines représentent une figure humaine. Balthazar se voit confronté à sa propre image, puisque sur l'un des papillons, le « porte-enseigne », figure comme « enseigne », comme « marque », son portrait. Maalek lui en fait présent et le papillon, dénommé désormais « Portenseigne Balthazar », devient son emblème ou son petit drapeau.

Premières expériences désagréables – C'est sa première expérience artistique, et en même temps son premier contact avec la mort et l'éternité, à travers ces bêtes que l'art des embaumeurs asphyxie pour ensuite les rendre éternels, grâce à la myrrhe, dont Maalek lui fait aussi cadeau. L'enfant rapporte donc au palais deux précieux présents : la myrrhe et le papillon. Or, il n'est pas au bout de ses surprises, car, outre que son escapade lui vaut d'être grondé par ses parents qui étaient inquiets, il découvre la stupidité, la méchanceté et la barbarie de certains adultes qui détruiront son cadeau. Il est ainsi confronté au fanatisme religieux. En effet, le petit Balthazar, dans sa naïveté, exhibe fièrement son papillon-portrait, ignorant qu'une loi religieuse, à Nipour, interdit les images et, en particulier, les portraits humains. Ce n'est pas seulement un chef-d'œuvre de la nature que cette loi iconoclaste a ruiné, mais c'est aussi l'enfant, à travers son portrait.

De l'adolescence à la maturité

Le deuxième voyage dans les pays voisins – Il est dit peu de choses (en un paragraphe seulement) du deuxième voyage que le jeune amateur d'art entreprend dans les pays voisins, pour visiter leurs richesses artistiques, si ce n'est qu'il en rapporte, outre de merveilleux souvenirs, la confirmation de sa vocation : « la beauté et les œuvres d'art qui la célèbrent ». Balthazar choisit de devenir un esthète – un homme qui aime la beauté et les belles choses – et un **mécène** – du nom d'un riche romain, ami de l'empereur Auguste. Dépourvu d'ambition politique, Mécène avait ordonné sa vie autour de son unique passion : l'art. À Rome, sa villa était célèbre pour ses merveilleux jardins décorés de jets d'eau et de fontaines. Très riche, il encouragea et protégea de grands poètes, comme Virgile et Horace.

Les expéditions artistiques du collectionneur – Le jeune homme, qui a maintenant dix-huit ans, s'est marié avec une belle femme aux cheveux sombres et à la peau blanche. Il s'était épris de son portrait peint sur un miroir, avant même de la connaître. Après avoir succédé à son père sur le trône et réglé au mieux les affaires du royaume, libre et riche, le roi entreprend une série d'expéditions dans les pays voisins. Il ambitionne d'y visiter les richesses artistiques du présent et du passé, mais aussi de les acheter pour les rapporter à Nipour. Ces richesses qu'il accumule sont destinées à un musée, auquel il consacre toute sa vie et qui devient son œuvre. Pour la deuxième fois, il donne son nom à ce lieu, sous une forme latine : le Balthazareum, sorte d'ancêtre du musée du Louvre.

Une expédition archéologique maléfique – On a prétendu parfois que les archéologues qui avaient mis au jour la tombe du pharaon Toutankhamon étaient tombés sous le coup de la malédiction frappant ceux qui pénétreraient dans l'espace sacré du mort. Balthazar, quant à lui, paie cher les fouilles qu'il effectue à Suse, loin à l'est de son pays (dans l'actuel Iran), dans les tombes de la famille du grand roi Darius Ier qui régna sur le royaume perse, cinq siècles auparavant. Car, pendant son absence, la populace, poussée par celui-là même qui avait écrasé le *Portenseigne Balthazar*, détruit son précieux musée. Cinquante ans plus tard, le voilà de nouveau confronté au fanatisme religieux ! Mais cette fois, son découragement est total : il est accablé de tristesse, ne parle plus, refuse de s'alimenter et vieillit subitement.

La vieillesse : le quatrième voyage à Bethléem
Alors que Balthazar est, lui aussi, dans un profond chagrin, la comète apparaît dans le ciel de Nipour, comme le fit jadis le papillon. Venue du sud, du pays de Gaspard, elle se dirige vers l'ouest. À l'instar du *Portenseigne*, elle le conduit vers le nord-ouest, à Bethléem, où le roi, comme Gaspard, trouvera les réponses à ses interrogations et la consolation de son chagrin.

Balthazar et l'art de son temps : l'art en péril

Vous l'aurez compris, les questions fondamentales qui agitent le deuxième Roi mage tournent autour de l'art, des images et de la représentation du réel. Il se passionne pour l'art de son temps et se déplace, parfois fort loin, pour en acquérir. Toutefois les chefs-d'œuvre de son époque ne répondent pas toujours à sa quête.

De fabuleux sites touristiques
Esthète et grand amateur d'art, Balthazar trouve dans les pays environnants de quoi contenter sa passion et ce, dans tous les domaines de l'art : architecture, sculpture, peinture. On peut remarquer avec un certain amusement que ses voyages ne sont pas sensiblement différents des destinations touristiques de nos jours… Et notre auteur semble jouer à adapter les grandes destinations de nos voyages culturels à l'époque de Balthazar. Ainsi, comme on pourrait le faire encore aujourd'hui, visite-t-il l'Égypte

et ses pyramides ; le temple du Parthénon sur l'Acropole à Athènes ; les magnifiques mosaïques romaines de Tunisie à Carthage (désormais au musée du Bardo, Carthage ayant été rayée de la carte par les Romains) ; les tapisseries de Chaldée qui seraient aujourd'hui les tapis d'Iran ; les fresques d'Herculanum que le roi a pu admirer avant que l'éruption du Vésuve, en 79, n'ensevelisse sous la cendre Pompéi et ses environs. Quant à Suse, c'est désormais au musée du Louvre ou au Pergamonmuseum, à Berlin, qu'on peut admirer les grandioses portes en relief d'Ishtar.

Les insatisfactions de l'amateur d'art

Essentiellement égyptiennes et grecques, les œuvres d'art, et notamment les sculptures, ne représentent, selon Balthazar, que des êtres monstrueux ou des dieux. Le dieu Horus, par exemple, a le corps d'un homme et une tête de faucon, et Thot, une tête d'ibis. Quant au Minotaure, monstre crétois, on le figure avec le corps d'un homme et la tête d'un taureau. Certes, les statues d'Osiris ou d'Isis, ou bien celles de Jupiter, de Diane ou d'Hercule ont des formes humaines, mais elles représentent des dieux ou des héros, c'est-à-dire des êtres dont les corps et la beauté, idéalisés, atteignent la perfection.

Balthazar souhaiterait que les artistes donnent une image plus juste de la réalité quotidienne qui, pour être simple, n'en est pas moins belle. Balthazar voudrait un art vivant, représentant la vie ordinaire, comme celui de son jeune protégé, le Babylonien Assour. Toujours créant, avec tous les matériaux qui lui tombent sous la main, Assour reproduit ce qu'il voit. Quelle signification donner à « voir » pour un artiste ? Il s'agit de découvrir le beau, pas uniquement lorsqu'il est canonique, mais là où on ne l'attend pas. Ainsi en est-il du portrait de cette humble femme offrant de l'eau à un vieillard, dont il a su rendre la générosité qui embellit son regard et son sourire.

L'art grec et l'art égyptien
Les reproches que Balthazar adresse aux statuaires égyptienne et grecque sont fondés. Animés par un puissant sentiment religieux, les sculpteurs égyptiens mettent d'abord leur art au service des dieux et du culte des morts. L'humanité et la vie quotidienne sont donc loin de leurs préoccupations. Et quand leurs statues représentent des hommes, elles sont parfois si colossales qu'elles n'ont plus de proportions communes avec les humains.

Destinées à décorer les temples des dieux et des déesses, les statues grecques remplissent les mêmes fonctions. La religion grecque est certes anthropomorphe, mais même si les statues ont des formes humaines, elles sont néanmoins censées représenter le divin.

Quand les artistes s'essayent à sculpter des jeunes gens (*kouroi*) ou des jeunes filles (*korai*), à l'époque archaïque (VIIe siècle av. J.-C.), leur style est rigide, soucieux de symétrie, par conséquent, éloigné des mouvements de la vie. Plus tard, au Ve siècle, le style archaïque cède partout la place à un style qu'on nomme « sévère », à cause de la gravité des visages. Il n'y a pas de place non plus, dans cet art, pour la variété des expressions. Les artistes maîtrisent désormais le rendu du mouvement souple et vrai, et c'est l'époque du célèbre *Aurige* de Delphes ou du *Discobole* de Myron. L'époque classique (IVe siècle) est dominée par deux sculpteurs de génie : Polyclète d'Argos et l'Athénien Phidias. Surtout intéressé par la figure humaine, Polyclète crée un **canon** (une règle) de proportion qui consiste en ce que la hauteur totale du corps représente sept fois la hauteur de la tête. Ce canon sera respecté pendant tout le siècle. Cette beauté canonisée, cette sublime idéalisation du corps humain tirent l'homme du côté du divin, mais ne sont pas représentatives de l'humanité tout entière. On comprend que les attentes de Balthazar soient déçues.

Pour être tout à fait juste, il faudrait ajouter que l'art grec et égyptien ne se réduit pas à sa statuaire, pour grandiose qu'elle soit. Ce serait oublier que les peintres et les dessinateurs égyptiens ont laissé de savoureux témoignages de leur vie quotidienne, tel par exemple, ce charpentier au travail, du musée de Berlin, qui a oublié de se raser ! Quant aux céramistes grecs, ils égayent souvent leurs vases de scènes de la vie courante. Il faudrait aussi mentionner les merveilleuses scènes d'adieux entre époux, au seuil de la mort, admirables de tendresse et d'émotion, figurées sur les bas-reliefs funéraires, telles qu'on peut encore les admirer, dans le cimetière du Céramique à Athènes.

L'art en danger

Un danger, plus menaçant encore pour la représentation artistique de la figure humaine, règne à Nipour : le fanatisme religieux, qui détruit tout ce qui ne correspond pas à sa vision du monde. C'est la loi iconoclaste qui a détruit le « Portenseigne Balthazar » et le Balthazareum. Notons que cet intégrisme religieux n'a pas pu sévir historiquement en Mésopotamie au temps de Balthazar, où il n'y a pas d'interdit sur la représentation humaine : il n'en reste pas moins que cette loi s'applique à la religion juive, et que les musulmans, plus tard, s'y soumettront.

Énoncée dans la première loi du Décalogue (les « dix commandements » que Dieu donne à Moïse au mont Sinaï), la loi interdit la fabrication des images ou des statues figuratives, c'est-à-dire représentant la réalité, et impose de détruire de fond en comble les lieux de culte et les statues des autres dieux.

Pourquoi ? Dieu n'a-t-il pas dit aux premières lignes de la Bible, dans la Genèse : « Faisons l'homme à notre image, comme à notre ressemblance » ? Or, après la désobéissance d'Adam et d'Ève, la ressemblance de l'homme avec Dieu a disparu. Subsiste seulement cette image menteuse de l'homme déchu, ce reflet trompeur de la divinité. Il est donc interdit de reproduire cette image sans ressemblance, car l'art développerait alors une imposture : l'idolâtrie, le culte des idoles, *eidolon*, « image » en grec. Restent seulement à l'expression artistique les « rares et secs motifs géométriques ». Voilà de quoi jeter notre roi dans le doute et le désespoir. C'est tourmenté par ces questions qu'il arrive à la cour du puissant roi des Juifs, Hérode, à Jérusalem.

Hérode, un personnage historique : une réponse aux doutes des Rois mages ?

En proie au doute et en quête d'une réponse, Gaspard, Balthazar et le troisième Roi mage, Melchior – jeune héritier chassé de son trône de Palmyre par son oncle, qui n'a pas comme les autres un récit pour lui seul – rencontrent à Jérusalem un personnage historique : Hérode le Grand. Michel Tournier campe, dans chacun des trois récits, un personnage ancré dans le réel, souverain de la Judée, au moment de la naissance de Jésus-Christ.

Le monde d'Hérode – Dans l'Histoire comme dans le récit, le monde d'Hérode est un monde terrible et inquiétant, celui d'un tyran, remarquablement informé, armé d'une police et d'espions redoutables, « dont tout l'Orient retentit des méfaits et des hauts faits, des cris de ses victimes et de ses fanfares victorieuses ».

Dans un entretien avec un journaliste, Michel Tournier explique que le triomphe d'Hérode et son malheur proviennent de la même source. Roi des juifs, grâce au Sénat romain, sans être tout à fait juif lui-même puisqu'il est le fils d'une princesse arabe, il se trouve dans sa vie privée en conflit constant avec son peuple, avec les prêtres, mais surtout avec sa femme Mariamne. Il explique à Gaspard qu'il a été contraint de la faire assassiner parce qu'elle l'avait trahi. Il pousse même l'horreur jusqu'à faire massacrer ses propres enfants, ce qui fait dire à l'empereur Auguste que : « en somme, à la cour d'Hérode, il vaut mieux être un cochon que les fils du roi, car au moins, on y respecte l'interdiction de manger du porc » !

Un souverain marquant – Hérode est aussi un grand roi, qui donne à son peuple trente-sept ans de paix et de prospérité. De grands chantiers sont mis en œuvre sous son règne : il fait construire, à Jérusalem, théâtre, amphithéâtre, hippodrome ainsi qu'un palais fastueux et grandiose. Sous son impulsion, le temple de Salomon, détruit par les Babyloniens, est reconstruit. Sa magnificence et sa splendeur ne laissent pas insensible notre Balthazar.

Un homme politique – Sur le plan international, la non-judéité d'Hérode en fait un interlocuteur privilégié pour les Romains. Il comprend les Grecs et les Romains, les aime et les admire. C'est la raison pour laquelle il s'oppose aux juifs intégristes et juche son temple de l'aigle d'or, une image qui, pire encore, est le symbole de l'Empire romain.

Pendant le séjour des Rois mages, reçus avec toute la pompe et les honneurs dus à leur rang, Hérode leur assène une terrible leçon politique. Il répond à la question essentielle que chaque Roi mage se pose. À Gaspard, il fait la confidence de ses amours malheureuses et raconte comment il a, à son cœur défendant, châtié la coupable ; à Balthazar, comment il a fait juger et condamner cruellement ceux qui ont détruit son aigle d'or. Il leur reproche leur mollesse : pas de pitié pour les traîtres ! Il faut sévir, et impitoyablement.

Mais Balthazar et Gaspard ne sont pas convaincus. Ils se demandent comment l'amour, source de douceur et de tendresse, ou l'art, encouragement à la générosité et à la fraternité, peuvent mener à tant de sang et à tant de haine. La réponse doit être ailleurs, dans une autre forme d'art, ou, peut-être, dans une autre forme d'amour.

Mais, même si son interrogation demeure, Balthazar se trouve néanmoins conforté dans l'une de ses certitudes : si la foule manipulée de Nipour ou si les jeunes gens de Jérusalem ont détruit ces œuvres d'art-là, c'est qu'elles ne répondent pas vraiment aux aspirations de l'homme : elles procèdent d'un art surhumain, d'une espèce de folie, de démesure des hommes qui prétendraient s'égaler aux dieux.

La réponse de la crèche

Un peu de vocabulaire
À l'origine et selon saint Luc, la crèche désigne la mangeoire pour les animaux dans laquelle la Vierge a déposé Jésus à sa naissance. Par la suite, elle désignera le lieu de la Nativité, puis la naissance de Jésus, scène qu'on appelle la Nativité. C'est là que Balthazar, comme Gaspard, trouve la réponse à sa question. Rappelez-vous : nous avons dit précédemment que le mythe de l'Épiphanie a nourri une abondante iconographie, et la crèche, dans ce moment du récit, est traitée comme un tableau, un tableau vivant où chacun trouve sa place.

Lors de la parution, en 1980, de la version pour adultes des Rois mages, *Gaspard, Melchior et Balthazar*, Michel Tournier confiait à un journaliste que les peintures lui avaient appris que le fascinant de cet événement, c'est le choc entre la pauvreté de la crèche et la somptuosité des Rois mages. Dans notre récit également, il y a un contraste entre le cortège des rois et la crèche.

Le cortège des rois

Un seul adjectif qualifie l'équipage des mages : « somptueux ». On pourrait le dire aussi multicolore, avec ces hommes blancs et noirs, ces perroquets verts qui le composent ; hétéroclite, mêlant hommes blancs, noirs, chevaux, dromadaires, chiens lévriers, perroquets ; exotique, tant pour les spectateurs de Bethléem que pour les lecteurs, avec ces animaux venus d'ailleurs et ces « langues inconnues » ; bruyant, bien sûr, à cause du « cliquetis », « des ordres et des appels » multiples ; désordonné, comme le dénote le mot de « cavalcade » ; inquiétant, enfin, à cause de la mention des armes, des casques, des boucliers et des ordres militaires. Ce cortège a quelque chose de stupéfiant dans ce paysage paisible de Galilée, au milieu de ces pauvres paysans « effarés ».

La simplicité stupéfiante de la crèche

C'est au tour des Rois mages d'être stupéfaits. Vous vous souvenez sans doute que Gaspard racontait à ses petits-enfants que, sur la route de Bethléem, il s'attendait à voir dans le futur roi des Juifs, « un super-Hérode », « un palais plus magnifique que celui de Jérusalem », « un roi encore plus puissant ». De même, Balthazar et Assour envisagent un immense palais et une cour brillante. Quelle n'est pas leur surprise de découvrir un gros village aux maisons semblables, une misérable bergerie et un petit enfant qui vient de naître sur de la paille, entouré d'une cour de pauvres gens.

Les mots sont là pour le dire : vous remarquerez les champs lexicaux de la pauvreté. Les terrasses des maisons sont « modestes », les jardins sont « petits », « limités », les maisons « banales », la crèche la plus « misérable masure » qui soit, les planches de l'étable « vermoulues », la toiture « en chaume », le berceau « en paille » et l'espace « réduit ». Tout un « menu » peuple assiste à la scène : des gens simples, des artisans, des servantes, des bergers, un papa, Joseph, « artisan charpentier », une maman, Marie, qui a l'apparence, non d'une reine, mais « d'une petite servante ». Un bébé « clochardot », sur lequel une maman « clocharde » se penche : voilà le fils de Dieu.

Les Rois mages n'en croiraient pas leurs yeux, si la comète – « son doigt de feu », « son rayon lumineux », « cet ange ou ce géant de lumière », « une colonne » de lumière – n'était là, plus rayonnante que jamais, pour attester la présence du Divin.

Le message divin : la naissance d'un art nouveau

Balthazar trouve enfin ce qu'il cherchait depuis si longtemps. En effet, si Dieu s'incarne dans cet enfant, si le Divin a pris des traits humains, alors il n'est plus interdit de le représenter. L'image et la ressemblance sont enfin réconciliées. Un art nouveau peut naître, l'art chrétien, qui retrouve, dans le monde quotidien le plus modeste, un reflet divin. Assour ne s'y est pas trompé, qui commence à représenter la scène.

L'adoration des mages

Comme dans la tradition picturale, Balthazar, le plus âgé des rois, s'agenouille, en signe de respect, devant l'enfant. Tel un Père Noël, il lui offre en cadeau la myrrhe de Maalek, symbole de l'éternité. Puis le roi noir, Gaspard, se met à son tour à genoux et fait brûler, pour le petit, l'encens acheté dans les marchés de Baalouk, dont les « volutes bleues » se mariant à la lumière de la comète, symbolisent, chez les chrétiens, la prière montant au ciel. Le tableau serait complet, s'il n'y manquait Melchior, qui offre traditionnellement l'or, signifiant la lumière céleste dans la symbolique chrétienne. À sa place, dans l'adoration des mages de notre auteur, pour mieux capter la scène se tient en retrait Assour, l'artiste, qui offre à l'enfant son cadeau à lui : l'œuvre d'art.

La création d'un art nouveau : une mise en abyme

En contemplant la création de son ami Assour, Balthazar découvre un tableau d'un genre nouveau, audacieux, inconnu jusque-là, une œuvre où la lumière côtoie les ténèbres du monde des humains et en devient le sujet. Ce nouvel effet, les peintres le nomment le clair-obscur.

Mais la création d'Assour, n'est-ce pas l'image du tableau que nous, lecteurs, venons de lire ? Lorsqu'il y a ainsi un tableau cité qui s'emboîte à l'intérieur d'un autre de même nature, à la manière de ces poupées gigognes qui s'empilent les unes dans les autres, on dit qu'il y a une mise en abyme, comme si le tableau d'Assour reflétait celui de Michel Tournier.

Mais l'effet de miroir est double, car il est dit dans le récit que la création du peintre est la première image dans laquelle viendront se refléter toutes celles à venir, avec leur génie propre... y compris, donc, celle de Michel Tournier ! Comme dans une galerie de miroirs qui se reflètent les uns les autres, à l'infini.

à vous...

Il est beaucoup question d'œuvres d'art, dans le deuxième conte, et particulièrement de musée. Saviez-vous que le mot « musée » vient du grec *mouseion*, qui désigne le temple des Muses ?

Retrouver
Retrouvez le passage où il est question du Balthazareum. Qu'est-ce qui montre que ce musée est l'œuvre de la vie de Balthazar ?

Chercher
Qui sont les Muses ?
À quel art chacune est-elle attachée ?
Qu'est-ce qu'on appelle la muséographie ?

Faire l'inventaire
Faites l'inventaire de toutes les œuvres qui se trouvent dans le musée de Balthazar et précisez de quel pays elles proviennent.

Se documenter
Recherchez le nom des plus grands musées du monde et indiquez leur pays.

Inventer
Et si, vous aussi, vous bâtissiez votre propre musée, où le construiriez-vous, comment serait-il ? Quelles sont les œuvres que vous y collectionneriez et comment les disposeriez-vous ?

TAOR DE MANGALORE

Prince du sucre
et Saint du sel

Il était une fois en Inde un petit royaume, le Mangalore, dont l'héritier s'appelait le prince Taor. Or ce jeune homme n'aimait passionnément ni les armes, ni l'or, ni les femmes, ni les œuvres d'art, ni les chevaux. Non, ce qu'il aimait passionnément, c'était les bonbons, les gâteaux et, d'une façon générale, tout ce qui est sucré.

Taor avait vingt ans. Mais le Mangalore était gouverné par la reine mère depuis la mort du Maharajah. Or le goût du pouvoir s'étant emparé de la reine, elle s'efforçait de tenir son fils à l'écart des affaires du royaume et flattait de son mieux sa paresse, sa frivolité et surtout le goût immodéré pour les sucreries qu'il avait manifesté dès son plus jeune âge. Elle lui avait donné pour compagnon un esclave, Siri Akbar, qui lui était tout dévoué et qui, sous prétexte de céder à tous les caprices du prince, contribuait à le maintenir loin du pouvoir. Il convient d'ajouter que le Mangalore étant limité par la mer et les déserts, non seulement Taor n'avait jamais quitté son royaume, mais il ne s'était aventuré que rarement hors des jardins de son palais.

Ce jour-là, Siri Akbar avait cru bien faire en apportant à son jeune maître une cassette de santal incrustée d'ivoire, qu'il venait d'acheter à des navigateurs arrivés récemment de l'Occident.

– Voici, Seigneur, le dernier don que te font les pays du Couchant. Il a voyagé trois mois pour venir jusqu'à toi.

Taor prit la cassette, la soupesa et la porta à ses narines.

– C'est léger, mais ça sent bon. Ouvre-la, dit-il en la tendant à Siri.

De la poignée de son glaive, le jeune esclave frappa à petits coups le cachet qui tomba en poussière. Le couvercle fut soulevé sans difficulté. La petite boîte retourna entre les mains du prince. À l'intérieur, il n'y avait, dans un logement carré, qu'un petit cube d'une substance molle et verte, couvert de poudre blanche Taor le prit délicatement entre le pouce et l'index.

– La poudre blanche, c'est du sucre farine, dit-il. La couleur rappelle la pistache.

Puis il ouvrit la bouche et y glissa la petite friandise. Les yeux fermés, il attendait. Enfin, sa mâchoire remua doucement. Il ne pouvait parler, mais ses mains s'agitaient pour exprimer sa surprise et son plaisir.

– C'est bien de la pistache, finit-il par articuler.

– Ils appellent cela un rahat loukoum, précisa Siri. Ce qui veut dire dans leur langue «félicité de la gorge». Ce serait donc un rahat loukoum à la pistache.

Or le prince Taor ne mettait rien au-dessus de la confiserie, et de tous les ingrédients, c'était aux graines de pistache qu'allait sa préférence.

– J'aurais dû montrer ça à mon chef confiseur! s'exclama-t-il en proie à une vive émotion. Peut-être aurait-il su…

– Je ne pense pas, dit Siri toujours souriant. Cette sorte de friandise ne ressemble à rien de ce qui se fait ici. Totalement nouvelle!

– Tu as raison, admit le prince accablé. Mais pourquoi n'en avoir expédié qu'un seul exemplaire! Ils veulent m'exaspérer? demanda-t-il avec une moue d'enfant prêt à fondre en larmes.

– Nous pourrions dépêcher un messager vers l'Occident avec mission de rapporter la recette du rahat loukoum à la pistache, suggéra Siri.

– Oui, très bien, faisons cela! approuva Taor. Trouve donc un homme sûr. Non, deux hommes sûrs. Donne-leur de l'argent, de l'or, des lettres de recommandation, tout ce qu'il faut. Mais combien de temps cela va-t-il prendre ?

– Il faut attendre la mousson[1] d'hiver pour l'aller et profiter de la mousson d'été pour revenir. Si tout va bien, nous les reverrons dans quatorze mois.

– Quatorze mois ! s'exclama Taor avec horreur. Nous ferions mieux d'y aller nous-mêmes !

Les mois passèrent. La mousson de nord-est qui avait emporté les voyageurs fit place à la mousson du sud-ouest qui les ramena. Ils se présentèrent aussitôt au palais. Hélas ! ils ne rapportaient ni rahat loukoum, ni recette. Ils avaient sillonné en vain la Chaldée, l'Assyrie et la Mésopotamie. Peut-être aurait-il fallu pousser à l'ouest jusqu'à la Phrygie, remonter au nord vers la Bithynie, ou au contraire s'orienter plein sud vers l'Égypte ? Mais alors, ils manquaient la mousson favorable au retour et prenaient une année de retard. Cependant, ils ne revenaient pas les mains vides. Ils avaient fait d'étranges rencontres dans les terres arides de Judée. Ces régions désolées étaient peuplées de prophètes solitaires, vêtus de poil de chameau. On les voyait parfois surgir de leur caverne, le regard flambant au milieu de leur crinière de cheveux et de barbe, et apostropher les voyageurs, annonçant la fin du

---

1. On appelle mousson des vents réguliers qui, dans la mer de l'Inde, soufflent six mois dans un sens et six mois en sens inverse.

monde et s'offrant au bord des fleuves à les baigner pour les laver de leurs péchés.

Taor commençait à s'impatienter. En quoi ces sauvages du désert intéressaient-ils le rahat loukoum et sa recette ?

– Justement, affirmèrent les messagers. Il y en avait qui annonçaient l'invention imminente d'un mets si nourrissant qu'il rassasierait pour toujours, si savoureux que celui qui en goûterait une seule fois ne voudrait plus rien manger d'autre jusqu'à la fin de ses jours. S'agissait-il du rahat loukoum à la pistache ? Non sans doute, puisque le Divin Confiseur qui devait inventer ce mets sublime était encore à naître. On l'attendait incessamment dans le peuple de Judée, et on pensait, en raison de certains textes sacrés, qu'il naîtrait à Bethléem, un village situé à un jour de marche de la capitale, où, il y avait mille ans, était né déjà le grand roi David.

Taor en avait assez entendu. C'était trop de discours. Il exigeait des faits concrets, des preuves tangibles, quelque chose qui se voit, se touche ou, de préférence encore, se mange. Alors, les deux hommes tirèrent de leur sac un pot de terre assez grossier, mais de belle dimension.

– Ces solitaires vêtus comme des ours, expliqua l'un d'eux, se nourrissent principalement d'un mélange curieux et fort savoureux qui annonce peut-être le mets sublime attendu.

Taor s'empara du pot, le soupesa et le porta a ses narines.

– C'est lourd, mais ça sent mauvais! conclut-il.

Et il fit basculer le grossier couvercle de bois qui le fermait.

– Qu'on m'apporte une cuiller, commanda-t-il.

Il la retira du pot, enduite d'une masse dorée dans laquelle étaient prises des bestioles anguleuses.

– Du miel, constata-t-il.

– Oui, approuva l'un des voyageurs, du miel sauvage. On le trouve en plein désert dans certains creux de rochers ou dans des souches desséchées. Les abeilles butinent des forêts d'acacias qui ne sont au printemps qu'un immense bouquet de fleurs blanches très parfumées.

– Des crevettes, dit encore Taor.

– Des crevettes si tu veux, admit le voyageur, mais des crevettes de sable. Ce sont de gros insectes qui volent en nuages compacts et détruisent tout sur leur passage. Pour les cultivateurs, c'est un terrible fléau, mais les nomades s'en régalent. On les appelle des sauterelles.

– Donc des sauterelles confites dans du miel sauvage, conclut le prince avant d'enfoncer la cuiller dans sa bouche.

Il y eut un silence général, puis Taor rendit son verdict.

– C'est curieux, surprenant, pas vraiment savoureux, sauf peut-être pour ceux qui y sont habitués. Car les sauterelles mettent du croustillant et du salé dans la viscosité sucrée du miel.

Il goûta une seconde cuiller.

– Moi qui déteste le sel, je suis obligé de constater cette vérité stupéfiante : le sucré salé est plus sucré que le sucré sucré. Il faut que j'entende cela de la bouche d'autrui. Répétez la phrase, je vous prie.

Tout le monde répéta en chœur avec un ensemble parfait :

– Le sucré salé est plus sucré que le sucré sucré.

– Quelle vérité étonnante ! Voilà des merveilles qu'on ne trouve qu'en Occident ! Siri, que penserais-tu d'une expédition dans ces régions lointaines et barbares pour rapporter le secret du rahat loukoum, et quelques autres, par la même occasion ?

– Seigneur, je suis votre esclave obéissant ! répondit Siri avec une soumission où il y avait de l'ironie.

Il eut pourtant la mauvaise surprise d'apprendre quelques jours plus tard que Taor avait parlé de ce projet à la reine. Celle-ci – trop heureuse de l'éloigner encore davantage du pouvoir – avait aussitôt approuvé l'idée d'une expédition, et avait mis à la disposition de son fils cinq navires avec leur équipage, cinq éléphants avec leur cornac, et un comptable – appelé Draoma – qui avait la responsabilité d'un coffre rempli de monnaies diverses. Pour Siri, c'était un rude coup, car il devait accompagner le prince dans cette absurde équipée, et il perdait ainsi des années d'intrigues patiemment menées à la cour de Mangalore pour s'y faire une place de choix.

Taor, au contraire, semblait vraiment devenu un autre homme. Brusquement tiré de sa paresse par les préparatifs du départ, il fixait la liste des hommes qui l'accompagneraient avec l'indication du matériel qu'il fallait prévoir et celle des éléphants qu'on emmènerait. Il demeurait pourtant fidèle à ses goûts en décidant que la cargaison des navires consisterait surtout en produits de pâtisserie : cannelle, clous de girofle, vanille, gingembre, raisins secs, anis, fleurs d'oranger et jujube. Tout un navire était réservé aux fruits – séchés ou confits – mangues, bananes, ananas, mandarines, noix de coco et de cajou, citrons verts, figues et grenades. Un personnel qualifié avait été recruté, et on voyait s'affairer dans d'enivrantes odeurs de caramel des confiseurs népalais, des nougatiers cinghalais, des confituriers bengalis, et même des crémiers descendus du Cachemire avec des outres de fromage blanc de buffle.

Contre tout bon sens, Taor insista pour que Yasmina comptât parmi les éléphants qui partaient. Contre tout bon sens, en effet, car Yasmina était une jeune éléphante blanche aux yeux bleus, douce, fragile et délicate, la dernière à pouvoir supporter les fatigues et les angoisses d'une traversée aussi longue et des marches dans le désert qui suivraient. Mais

LES ROIS MAGES

Taor aimait tendrement Yasmina, et elle le lui rendait bien, la petite pachyderme au regard languide qui avait une façon de passer sa trompe autour de son cou, quand il lui avait donné un chou à la crème de coco, à vous tirer des larmes d'attendrissement. Taor décida qu'elle voyagerait dans le même navire que lui, et qu'elle porterait tout le chargement de pétales de roses.

Les difficultés commencèrent la veille du départ, quand on voulut embarquer les éléphants. On parvint cependant à force de caresses et de violences à pousser les quatre premiers sur la passerelle. Mais la situation parut désespérée quand vint le tour de Yasmina. Prise de panique, elle poussait des barrissements affreux, et jetait par terre les hommes qui se cramponnaient à elle. On courut chercher Taor. Il lui parla longuement, doucement en grattant de ses ongles son front neigeux. Puis il noua un foulard de soie sur ses yeux bleus pour l'aveugler, et, sa trompe posée sur son épaule, il s'engagea avec elle sur la passerelle.

Comme il y avait un éléphant par navire, on avait donné à chaque navire le nom de l'éléphant qu'il transportait, et ces cinq noms étaient : *Bodi, Jina, Vahana, Asura* et bien entendu *Yasmina.*

Un bel après-midi d'automne, les cinq navires sortirent successivement de la rade toutes voiles dehors. Le prince Taor se lançait dans l'aventure avec une joie sans mélange. Il n'eut pas un regard pour la cité de Mangalore dont les maisons de briques roses, étagées sur la colline, s'éloignaient et paraissaient se détourner de la petite flottille qui obliquait vers l'ouest.

La navigation fut d'abord simple et facile sous le vent vif et régulier de la mousson d'hiver. Comme on s'éloignait sans cesse des côtes, le danger des récifs, des bancs de sable et même des pirates diminua rapidement. Tout se serait donc passé le mieux du monde s'il n'y avait pas eu une révolte des éléphants dès le premier soir. Ces bêtes, vivant en liberté dans une forêt royale, avaient l'habitude de somnoler toute la journée sous les arbres et de se rassembler après le coucher du soleil pour aller boire au bord du fleuve. Aussi commencèrent-elles à s'agiter dès que le crépuscule tomba, et comme les bateaux naviguaient presque bord à bord, le premier barrissement que lança le vieux Bodi déclencha un énorme charivari dans les autres navires. Le vacarme n'était certes pas dangereux en lui-même, mais les bêtes se balançaient de droite et de gauche en envoyant leur trompe frapper comme un battant de cloche les flancs du navire. On entendait ainsi un bruit de tam-tam, cependant que les navires marquaient un roulis qui s'accentuait jusqu'à devenir inquiétant.

Taor et Siri voyageaient sur le navire amiral *Yas-*

mina. Ils pouvaient se rendre sur les autres navires grâce à des canots à rames, ou, lorsque les navires étaient rapprochés, par des passerelles jetées d'un bord sur l'autre. Mais ils communiquaient également avec les commandants des autres navires par des signaux qu'ils transmettaient en brandissant des bouquets de plumes d'autruche. C'est par ce dernier moyen qu'ils donnèrent aux autres navires l'ordre de se disperser. Il fallait en effet que les éléphants ne s'entendent plus barrir les uns les autres. Le lendemain, l'excitation du soir se fit encore sentir, mais de façon très atténuée, grâce à la distance qui séparait les cinq voiliers.

Une nouvelle épreuve attendait les voyageurs au dixième jour. D'abord le vent augmenta régulièrement jusqu'à obliger les marins à réduire au minimum les voiles de leurs navires. Mais ce n'était encore qu'un début à en juger par la noirceur zébrée d'éclairs de l'horizon vers lequel ils se dirigeaient. Une heure plus tard, ils entraient en enfer. La nuit qui suivit fut affreuse. Les navires fuyaient sous les rafales, basculaient au sommet d'une vague, et filaient ensuite à une vitesse effrayante avant de glisser dans un gouffre noir. Taor s'était imprudemment exposé sur le gaillard d'avant. Il fut à moitié assommé et noyé par un paquet de mer. Pour la deuxième fois, ce jeune homme, habitué au sucre depuis son enfance, faisait ainsi connaissance avec le sel. Il devait connaître plus tard une troisième épreuve salée, combien plus longue et plus douloureuse encore !

Mais pour l'heure, il s'inquiétait surtout de Yasmina. La petite éléphante albinos qui avait crié de peur au début de la tempête, jetée en avant, en arrière, à droite, à gauche, avait finalement renoncé à se tenir debout. Elle gisait sur le flanc dans une mare nauséabonde d'eau de mer salie par son vomi. Ses paupières étaient abaissées sur ses yeux bleus, et un faible gémissement s'échappait de ses lèvres. Taor était plusieurs fois descendu auprès d'elle, mais il avait dû cesser ses visites, après qu'un coup de roulis eut projeté sur lui toute la masse de l'éléphante évanouie.

La tempête cessa rapidement avec le lever du soleil, mais il fallut deux jours de recherches pour reprendre contact avec trois navires : le *Jina,* l'*Asura* et le *Bodi*. Quant au *Vahana,* il demeura introuvable, et il fallut se résoudre à reprendre la route de l'ouest en le considérant comme perdu.

On devait être à moins d'une semaine du golfe d'Aden quand les hommes du *Bodi* firent en plumes les signaux convenus de détresse. Le vieil éléphant paraissait pris de rage furieuse. Avait-il été piqué par des insectes, empoisonné par une mauvaise nourriture, ou simplement ne pouvait-il plus supporter le roulis et le tangage du bateau ? Il se démenait comme un forcené, chargeait furieusement quiconque se risquait dans la cale, et se ruait sur les parois de la coque qu'il éraflait avec ses défenses. On ne pouvait ni le ligoter ni l'abattre. Le seul espoir, c'était qu'il s'épuise faute de nourriture avant d'avoir pu défoncer le navire.

Le lendemain, l'éléphant s'était blessé sur une ferrure de la cale, et il perdait son sang en abondance, Le surlendemain, il était mort.

– Il faut au plus vite découper cette carcasse et jeter les morceaux par-dessus bord, dit Siri, car nous approchons de la terre et nous risquons d'avoir des visiteurs indésirables.

– Des visiteurs ? s'étonna Taor.

Siri scrutait le ciel bleu. Il leva la main vers une minuscule croix noire suspendue à une hauteur infinie.

– Les voilà ! dit-il. J'ai bien peur que nos efforts soient inutiles.

En effet, deux heures plus tard, un gypaète se posait sur le mât de hune du navire, et tournait de tous côtés sa tête blanche à barbiche noire et ses yeux cerclés de rouge. Il était bientôt rejoint par une dizaine de ses semblables. Puis ils se laissèrent lourdement tomber sur le cadavre sanglant de l'éléphant. Les matelots qui redoutaient ces oiseaux de mauvais augure voulurent se réfugier sur le *Yasmina*. Le *Bodi* fut donc abandonné. Lorsque le *Yasmina* le perdit de vue, des centaines de gypaètes se bousculaient sur ses mâts et ses ponts, et un tourbillon de vols et d'envols remplissait la cale.

Le *Yasmina*, le *Jina* et l'*Asura* abordèrent l'île Dioscoride[1], qui veille en sentinelle à l'entrée de la mer Rouge, quarante-cinq jours après avoir quitté Mangalore. L'allure avait été plus qu'honorable, mais deux navires sur cinq étaient perdus.

Tout dans cette île paraissait nouveau à Taor, à ses compagnons et aux trois éléphants qui gambadaient gaiement pour se dégourdir les jambes. Ils étaient surpris par la végétation épineuse et odorante, par les troupeaux de chèvres à poil long qui fuyaient en désordre à la vue des éléphants, mais surtout par la chaleur sèche et légère, alors qu'elle est lourde d'humidité en Inde. Quant aux bédouins qui habitaient l'île, effarés par ce débarquement de seigneurs accompagnés de monstres inconnus, ils se cachaient dans les maisons et sous les tentes, mais observaient dans l'ombre les nouveaux venus. La petite troupe approchait du sommet montagneux, quand ils furent arrêtés par un bel enfant vêtu de noir qui semblait les attendre.

– Mon père, le Rabbi Rizza vous attend, dit-il simplement.

---

1. Aujourd'hui : île de Socotora.

Et faisant demi-tour, il prit d'autorité la tête de la colonne. Dans un cirque rocheux, les tentes basses des nomades formaient une seule carapace violette et bosselée que le vent soulevait par moments comme une poitrine vivante.

Le Rabbi Rizza, vêtu de voiles bleus et chaussé de sandales, accueillit les voyageurs près d'un feu d'eucalyptus. On s'accroupit en rond après des salutations. Taor savait qu'il avait affaire à un seigneur, à un prince comme lui, mais il était stupéfait de tant de pauvreté. C'est que pour lui la richesse et le pouvoir, le luxe et l'autorité étaient inséparables. Il n'arrivait pas à comprendre qu'un chef puissant vive sous la tente et s'habille d'un voile et d'une paire de sandales, comme un simple chamelier. Il fut encore plus surpris quand il vit un serviteur apporter à Rizza un peu d'eau, du sel et de la farine de blé grossière. Le chef pétrit de ses mains une pâte, et, sur une pierre plate, donna à la miche la forme d'une galette ronde et assez épaisse. Il creusa un faible trou dans le sable devant lui et, à l'aide d'une pelle, y jeta un lit de cendres et de braises provenant du foyer. Il y posa la galette et la recouvrit d'un amas de brindilles, auquel il mit le feu. Quand cette première flambée fut éteinte, il retourna la galette et la couvrit à nouveau de brindilles. Enfin, il la retira du trou et la balaya avec un rameau de genêt pour la débarrasser de la cendre qui la poudrait. Ensuite, il la rompit en trois, et en offrit une part à Taor, une autre à Siri. Habitué à une cuisine savante, préparée par une foule de chefs et de marmitons, le prince de Mangalore, assis par terre, se régala alors d'un pain sec, brûlant et gris qui lui faisait craquer des grains de sable sous les dents.

Ensuite, on leur offrit un thé vert à la menthe, saturé de sucre, versé de très haut dans des verres minuscules. Puis, après un silence prolongé, Rizza commença à parler. Il aborda des sujets familiers à Taor : le voyage, la nourriture, la boisson. Mais si le prince comprenait sans difficulté les mots et les phrases de Rizza, il cherchait en même temps le sens caché de son discours. Ce sens, il le percevait vaguement comme à travers une eau profonde, mais sans pouvoir le saisir tout à fait.

– Nos ancêtres, les premiers bédouins, disait Rizza, ne couraient pas comme nous les steppes derrière leurs troupeaux de chèvres et de moutons. Dieu les avait placés dans un somptueux et succulent verger. Ils n'avaient qu'à tendre la main pour cueillir les fruits les plus savoureux. Comment auraient-ils songé à partir ?

« Il faut préciser que, dans ce verger sans fin, il n'y avait pas deux arbres identiques qui eussent donné des fruits semblables. Tu me diras peut-être : il existe aujourd'hui dans certaines oasis des jardins de délices, comme celui dont je parle. Je te répondrai que les fruits de ces jardins ne ressemblent guère à ceux que Dieu avait offerts à nos ancêtres. Les fruits d'aujourd'hui sont obscurs et pesants. Ceux de Dieu étaient lumineux et sans poids. Voilà, me diras-tu, des paroles simples, mais cependant bien difficiles à comprendre ! Je veux dire qu'aujourd'hui la nourriture est de deux sortes. Ou elle est matérielle et nourrit le corps. Ou elle est intellectuelle et enrichit l'esprit. Mais la viande ne t'apprend rien et les livres ne se mangent pas. Eh bien ! les fruits du premier jardin satisfaisaient ensemble ces deux sortes de faim. Car ils n'étaient pas seulement divers par la forme, la couleur et le goût. Ils se distinguaient aussi par la science qu'ils donnaient. Certains apportaient la connaissance des plantes et des animaux, d'autres celle des mathématiques. Il y avait le fruit de la géographie, celui de l'astronomie, de l'architecture, de la danse, et bien d'autres encore. Oui, en ce temps-là, l'homme était simple comme Dieu. Le corps et l'âme ne formaient qu'un seul bloc.

« La mauvaiseté de l'homme – sa bêtise, sa méchanceté, sa haine, sa lâcheté, son avarice – a cassé la vérité en deux morceaux : une parole vide, creuse, mensongère, qui ne nourrit pas. Et une nourriture pesante et grasse qui obscurcit les idées et tourne en bajoues et en bedaine.

« Peut-on espérer retrouver la bonne nourriture lumineuse du paradis ? Il faudrait pour cela une révolution si importante qu'elle dépasse les forces humaines. Seul le retour de Dieu sur la terre pourrait la réaliser. Dieu peut-il revenir sur la terre ? Bien sûr puisqu'il peut tout. Le fera-t-il ? Mon peuple l'espère. Il le croit. Sans doute croit-il parce qu'il l'espère. Ce sera demain peut-être. Ou dans mille ans. Qui sait ?

Taor ne comprit pas grand-chose à cette histoire. Il voyait comme un amoncellement de nuages noirs menaçants, mais labourés de lueurs orageuses qui révélaient, un bref instant, des fragments de paysages nouveaux. C'était, en effet, la seconde fois qu'il entendait parler d'une nourriture divine que les hommes attendaient comme un prodigieux miracle. Toute la vie serait changée s'il se produisait. En tout cas, la recette du rahat loukoum à la pistache, pour laquelle il avait quitté son palais de Mangalore, prenait maintenant des airs bien inattendus, majestueux et sublimes.

Telles étaient les pensées qu'il remuait dans sa tête, cependant que les trois navires remontaient toute la mer Rouge vers le nord. Il regardait défiler des côtes ocre, brûlées par le soleil – à droite l'Arabie, à gauche l'Afrique avec des hauteurs volcaniques et des embouchures de cours d'eau desséchés.

Au bout de vingt-neuf jours, ils approchèrent enfin d'Elath, le port se trouvant au fond du golfe d'Akaba. Là, les attendait une surprise vraiment sensationnelle. Ce fut le mousse de la *Jina*, perché sur la hune du grand mât, qui crut le premier reconnaître une silhouette familière parmi les navires ancrés dans le port. Mais oui, c'était bien le *Vahana*, perdu de vue depuis la grande tempête, qui attendait sagement l'arrivée des autres navires.

Les retrouvailles furent joyeuses. On s'expliqua. Les hommes du *Vahana*, persuadés que le reste de la flotte les précédait, avaient forcé l'allure pour essayer de la rattraper. En réalité, c'étaient eux qui étaient en avance. Ils attendaient depuis trois jours à Elath, et ils commençaient à se demander si, par malheur, les quatre autres navires n'avaient pas succombé à la tempête.

Il fallut arrêter les embrassades et les récits pour débarquer les éléphants et les marchandises. On établit un camp à la porte de la ville afin d'y séjourner le temps nécessaire à un indispensable repos. Puis le voyage reprit en direction du nord. On traversa d'abord des plateaux désertiques dont les éléphants écrasaient l'argile rougeâtre. Ensuite, le terrain devint de plus en plus accidenté. La colonne serpenta dans des défilés, s'engagea dans des gorges, suivit le lit asséché d'un oued[1]. Le jour suivant, ils débouchèrent sur une plaine immense à l'horizon de laquelle se dessinait la silhouette d'un arbre. Taor et

---

1. Rivière du désert qui ne coule qu'après un orage, et dont le lit est le reste du temps asséché.

ses compagnons n'en avaient jamais vu de semblable. Le tronc était énorme, boursouflé, couvert d'une écorce un peu molle et plissée comme une peau d'éléphant. Les branches paraissaient courtes et grêles, un peu comme des trompes d'éléphant aussi, dressées vers le ciel. Ils apprirent qu'il s'agissait d'un baobab, mot qui signifie mille ans, parce que ces arbres ont une longévité fabuleuse.

Bientôt, il y en eut d'autres, toute une forêt, dans laquelle Taor et ses compagnons se trouvaient bien à cause de cette ressemblance des arbres et de leurs éléphants. Ce qu'il y avait d'étrange, c'était que certains baobabs portaient des décorations peintes, sculptées, faites de petites pierres incrustées, qui s'élevaient en spirales de la base du tronc au sommet des branches.

– Je crois comprendre, murmura Siri.

– Qu'est-ce que tu as compris ? lui demanda le prince.

Pour toute réponse, Siri fit venir un jeune cornac mince et agile comme un singe, et lui parla à voix basse en désignant le sommet de l'arbre. Le jeune homme s'élança aussitôt vers le tronc et entreprit de se hisser jusqu'aux grosses branches, comme il savait se hisser sur le dos de son éléphant. Parvenu au sommet du tronc, il disparut un instant dans une excavation. Il en ressortit bien vite, et commença à descendre, visiblement pressé de fuir ce qu'il avait pu y découvrir. Il sauta à terre, courut vers Siri, et lui parla à l'oreille. Siri approuvait de la tête.

– C'est comme je le supposais, dit-il à Taor. Le tronc est creux comme une cheminée, et il sert de tombeau aux hommes de ce pays. Si cet arbre est ainsi décoré, c'est qu'un cadavre y a été récemment glissé, comme une lame dans son fourreau. Du haut du tronc, on voit son visage tourné vers le ciel. Il s'agit d'une tribu dont on m'a parlé à Elath, les Baobalis, ce qui veut dire : les enfants des baobabs. Ils rendent un culte à ces arbres qu'ils considèrent comme leurs ancêtres, et dans lesquels ils veulent retourner après leur mort.

Ce jour-là, on n'alla pas plus loin. Taor et ses compagnons dormirent à l'ombre lourde de ces arbres qui étaient des tombeaux vivants et debout. Dès l'aube du lendemain, ils furent réveillés par une terrible nouvelle : Yasmina, la petite éléphante blanche, avait disparu !

On crut d'abord qu'elle s'était enfuie, car on ne l'attachait jamais, et on imaginait mal qu'elle ait pu être entraînée de force et sans bruit par des étrangers. Pourtant, les deux grandes corbeilles de pétales de rose, qu'elle transportait le jour et dont on la débarrassait la nuit, avaient disparu avec elle. Une conclusion s'imposait : Yasmina avait été emmenée complice et consentante.

Des recherches furent entreprises, mais le sol dur

et pierreux ne portait aucune trace. Ce fut le prince Taor qui découvrit pourtant le premier indice. On l'entendit s'exclamer, puis il se baissa pour ramasser quelque chose de fragile et de léger comme un papillon. Il l'éleva au-dessus de sa tête pour que tout le monde vît que c'était un pétale de rose.

– Yasmina la douce, dit-il, nous a laissé pour la retrouver, la piste la plus fine et la plus parfumée qui soit. Cherchez, cherchez, mes amis, des pétales de rose ! J'offre une récompense pour chaque pétale ramassé.

Dès lors, la petite troupe s'égailla, le nez au sol, et on entendait de loin en loin le cri de triomphe de l'un ou l'autre qui accourait aussitôt vers le prince afin de lui remettre sa trouvaille en échange d'une piécette. Néanmoins, ils progressaient avec une extrême lenteur et, à la fin du jour, ils n'étaient guère éloignés du camp où stationnait le gros de la troupe avec les éléphants et les bagages.

Comme il se baissait pour ramasser son second pétale, Taor entendit siffler au-dessus de sa tête une flèche qui alla se ficher en vibrant dans le tronc d'un figuier. Il donna l'ordre de s'arrêter et de se rassembler. Peu après, les herbes et les arbres s'animèrent autour des voyageurs, et ils se virent cernés par une multitude d'hommes au corps peint en vert, vêtus de feuilles, chapeautés de fleurs et de fruits. « Les Baobalis ! » murmura Siri. Ils devaient être près de cinq cents, et tous ils dirigeaient leur arc et leurs flèches sur les voyageurs. Toute résistance était vaine.

Taor leva la main droite, geste qui signifie partout paix et dialogue. Puis Siri, accompagné d'un des guides recrutés à Elath, s'avança vers les archers dont les rangs s'ouvrirent. Ils disparurent pour ne revenir que deux longues heures plus tard.

– C'est extraordinaire, raconta Siri. J'ai vu l'un de leurs chefs qui doit être aussi grand prêtre. Ils sont en train de fêter le retour de leur déesse Baobama, mère des baobabs et donc grand-mère des Baobalis. J'ai demandé que nous soyons admis à rendre hommage a cette fameuse déesse Baobama. Son temple se trouve à deux heures de marche.

– Mais Yasmina ? s'inquiéta le prince.

– Justement, répondit mystérieusement Siri, je ne serais pas surpris de la retrouver avant peu.

Dès le lendemain matin, ils se mettaient en marche vers le temple de la déesse Baobama. C'était une vaste case décorée de motifs semblables à ceux que Taor et ses compagnons avaient vus sur les arbres-cercueils. L'épaisse toiture de chaume, les cloisons de lattes légères et le fouillis de plantes grimpantes qui les recouvraient devaient créer et entretenir à l'intérieur une ombre délicieusement fraîche. Taor et son escorte s'avancèrent dans une sorte de vestibule qui servait de trésor et de garde-robe sacrée. On y voyait, accrochés aux murs ou posés sur des chevalets, d'immenses colliers, des tapis de selle brodés, des têtières d'argent, tout un harnachement somptueux et gigantesque destiné à la déesse. Mais pour l'heure, elle était toute nue, Baobama, et les visiteurs furent suffoqués de découvrir Yasmina en personne, vautrée sur une litière de roses. Il y eut un long silence, puis elle déroula sa trompe et, de son extrémité fine et précise comme une petite main, elle alla cueillir dans une corbeille une datte fourrée au miel qu'elle déposa ensuite sur sa langue frétillante. Alors, le prince s'approcha, ouvrit un sac de soie et déversa sur la litière une poignée de pétales de rose, ceux que ses compagnons et lui-même avaient ramassés. Yasmina répondit en tendant sa trompe vers lui et en effleurant sa joue dans un geste d'adieu tendre et désinvolte. Taor comprit alors que son éléphante favorite, devenue déesse des Baobalis, en raison de la ressemblance des baobabs et des éléphants, était définitivement perdue pour lui et les siens. La laissant à l'adoration de son peuple, il reprit la route de Bethléem avec les trois éléphants restants.

Ils s'installèrent pour la nuit à Etam, un pays étrange, murmurant de sources et crevé de grottes, situé à une journée de marche de Bethléem, quand ils virent venir en sens opposé un brillant cortège où se mêlaient hommes blancs et hommes noirs, chevaux et dromadaires. Il s'agissait de deux rois, Gaspard et Balthazar, accompagnés d'un jeune prince déshérité par son oncle, Melchior. Ils cheminaient ensemble venant de Bethléem, après avoir séjourné à Jérusalem où les avait reçus le terrible roi Hérode le Grand. Au début, une comète seule les avait guidés. Puis les astrologues d'Hérode leur avaient précisé qu'il fallait aller à Bethléem où venait de naître le nouveau roi des Juifs. C'était là qu'ils étaient encore l'avant-veille.

Taor frémit de joie. Ainsi, il n'était pas le seul à chercher de par le monde le lieu de naissance du Divin Confiseur! Quelque chose d'important se préparait, avait eu lieu déjà, puisqu'une étoile au ciel l'annonçait, puisque le grand roi Hérode interrogeait ses astrologues.

Le soir, ils s'assirent autour d'un feu et, après un long silence, Taor leur posa enfin la question qui lui brûlait la bouche depuis leur rencontre.

– Vous l'avez vu?

– Nous l'avons vu, prononcèrent ensemble Gaspard, Melchior et Balthazar.

– C'est un prince, un roi, un empereur entouré d'une suite magnifique?

– C'est un petit enfant, né dans la paille d'une étable entre un bœuf et un âne, répondirent les trois d'une seule voix.

Le prince Taor se tut, pétrifié d'étonnement. Celui qu'il venait chercher, lui, c'était le Divin Confiseur, dispensateur de friandises si exquises qu'elles vous ôtaient le goût de toute autre nourriture.

– Cessez de parler tous à la fois, reprit-il, sinon je ne m'y retrouverai jamais.

Alors, chacun prit la parole à son tour. Balthazar était un amoureux d'art, Gaspard avait au cœur une blessure faite par une femme, Melchior s'interrogeait sur le pouvoir politique. C'était lui au demeurant qui paraissait le plus tourmenté.

– Quand nous avons quitté le roi Hérode, expliqua-t-il, il a exprimé son regret de ne pouvoir nous accompagner. Mais la maladie et la vieillesse lui interdisaient les fatigues d'un voyage même bref. Il nous a donc chargés de suivre la comète jusqu'à Bethléem, de reconnaître et d'honorer en son nom l'Enfant-Roi, puis de revenir à Jérusalem afin de lui rendre compte. Notre intention était bien de lui obéir en toute loyauté, afin qu'on ne puisse pas dire que ce tyran avait été trahi sur son lit de mort par des étrangers qu'il avait magnifiquement traités. Or voici que l'archange Gabriel nous est apparu, et il nous a recommandé de repartir sans repasser par Jérusalem, car, nous a-t-il dit, Hérode nourrissait des projets criminels à l'égard de l'Enfant. Nous avons longtemps discuté sur la conduite à tenir. J'étais partisan de rester fidèle à notre promesse. L'honneur l'exigeait. Et nous savons de quelles vengeances le roi Hérode est capable quand on le trompe ! En repassant par Jérusalem, nous pouvions calmer sa méfiance et prévenir de grands malheurs. Mais Gaspard et Balthazar insistaient pour que nous nous conformions aux ordres de Gabriel. « Pour une fois qu'un archange éclaire notre route ! » s'exclamaient-ils. J'étais seul contre deux, le plus jeune, le plus pauvre. J'ai cédé. Mais je le regrette. La colère d'Hérode et notre responsabilité m'épouvantent.

Taor était trop désemparé pour chercher une réponse satisfaisante à toutes les questions qui surgissaient en même temps. Toutes ces révélations surprenantes lui faisaient tourner la tête. Mais surtout, il ne voyait aucun rapport entre ce que les rois lui racontaient et la raison d'être de son propre voyage, cette nourriture divine qu'on lui avait promise.

— Tout cela m'intéresse, mais ne me concerne pas trop, balbutiait-il. En vérité, nous avons chacun nos préoccupations, et je crois que l'Enfant sait y répondre avec une très exacte divination de nos secrets les plus cachés. Je crois fermement qu'il m'attend avec les paroles prêtes, destinées au prince des choses sucrées, accouru vers lui de la côte de Malabar.

— Prince Taor, dit Balthazar, ta confiance et ta naïveté me touchent. Mais prends garde que l'Enfant ne t'attende plus très longtemps. Bethléem n'est qu'un lieu de rassemblement provisoire. L'obligation promulguée par l'empereur de se faire recenser dans sa ville d'origine a mis tout le royaume en grande agitation. Chaque commune n'est qu'un lieu d'arrivée et de départ. Tu es le dernier, parce que tu viens de plus loin que les autres. Je tremble que tu n'arrives trop tard.

Ces paroles eurent un effet salutaire sur Taor. Dès le lendemain, aux premières lueurs de l'aube, sa caravane se remit en route pour Bethléem, et elle aurait dû y parvenir dans la journée si un incident grave ne l'avait pas retardée.

Il y eut d'abord un orage qui transforma les oueds desséchés en torrents furieux. Les hommes et les éléphants auraient bien profité de cette douche rafraîchissante si le sol transformé parfois en fondrière n'avait rendu la marche difficile. Ensuite, le soleil était revenu, et une épaisse vapeur s'était élevée de la terre mouillée. Chacun s'ébrouait sous les rayons du midi, quand un barrissement désespéré glaça les os des voyageurs. C'est qu'ils connaissaient le sens de tous les cris des éléphants, et ils savaient que celui qui venait de retentir était un cri de mort. Un instant après, l'éléphant Jina se ruait en avant au grand galop, la trompe dressée, les oreilles en éventail, bousculant et écrasant tout sur son passage. Il y eut des morts, des blessés. L'éléphant Asura fut jeté par terre avec tout son chargement. Il fallut de longs efforts pour maîtriser le désordre qui suivit.

Plus tard, une colonne partit sur les traces du pauvre Jina qu'il était facile de repérer dans ce pays sablonneux. Il avait beaucoup galopé, l'éléphant pris de folie, et la nuit tombait quand les hommes parvinrent au terme de sa course. Ils entendirent d'abord un bourdonnement intense provenant d'un ravin, comme si une douzaine de ruches s'y trouvaient cachées. Il ne s'agissait pas d'abeilles, mais de guêpes, et ils découvrirent le corps du malheureux Jina couvert d'une épaisse couche de ces insectes qui frémissaient sur sa peau comme de l'huile bouillante.

Il était facile d'imaginer ce qui s'était passé. Jina portait un chargement de sucre, lequel avait fondu sous l'averse et avait recouvert sa peau d'un épais sirop. La proximité d'une colonie de guêpes avait fait le reste. Sans doute, les piqûres ne pouvaient pas percer le cuir d'un éléphant. Mais il y avait les yeux, la bouche, les oreilles, sans parler des organes tendres et sensibles situés sous la queue et ses alentours. Les hommes n'osèrent pas approcher le corps de la malheureuse bête. Il leur suffisait de s'assurer de sa mort et de la perte de sa charge de sucre.

Le lendemain, Taor, sa suite et les deux éléphants restants firent leur entrée à Bethléem.

Le grand remue-ménage provoqué dans tout le pays par le recensement officiel, qui avait obligé les familles à aller s'inscrire parfois fort loin de leur lieu de résidence, n'avait duré que quelques jours. La population de Bethléem avait retrouvé ses habitudes, mais les rues et les places restaient souillées de tous les vestiges des lendemains de fêtes ou de foires – paille hachée, crottin, couffins crevés, fruits pourris, et jusqu'à des voitures brisées et des animaux malades. Les éléphants attirèrent comme partout une nuée d'enfants loqueteux qui accoururent pour les admirer et mendier auprès des voyageurs.

L'aubergiste, que leur avaient indiqué les rois, leur apprit que l'homme et la femme étaient repartis avec l'enfant après avoir rempli leurs obligations légales. Dans quelle direction ? Vers le nord sans doute pour regagner Nazareth d'où ils étaient venus. Taor s'apprêtait donc à ordonner qu'on se dirigeât vers le nord, quand les dires de la fille de l'auberge vinrent les détromper. Elle affirmait avoir surpris des propos de l'homme et de la femme, selon lesquels ils se préparaient à descendre au contraire vers le sud, en direction de l'Égypte, pour échapper à un grand danger dont ils auraient été avertis. Quel danger pouvait bien menacer un pauvre charpentier cheminant avec sa femme et son bébé ? Taor se souvint d'Hérode, de ses menaces au cas où les rois désobéiraient à ses ordres, et des craintes exprimées par Melchior.

Au demeurant, le sud, c'était aussi la direction d'Elath où attendait la flotte du retour. On partirait donc vers le sud, mais le surlendemain seulement, car, pour l'heure, Taor avait formé un beau et gai projet qui se situait à Bethléem.

– Siri, dit-il, parmi toutes les choses que j'ai apprises depuis que j'ai quitté mon palais, il en est une dont j'étais loin de me douter et qui m'afflige particulièrement : les enfants ont faim. Partout où nous passons, nos éléphants attirent des foules d'enfants. Je les observe et je les trouve tous plus maigres et chétifs les uns que les autres. Certains portent sur leurs jambes squelettiques un ventre gonflé comme un ballon, et je sais bien que ce n'est qu'un signe supplémentaire de famine.

« Alors, voici ce que j'ai décidé. Nous avions apporté sur nos éléphants des friandises en abondance pour les donner en offrandes au Divin Confiseur que nous imaginions. Je comprends bien maintenant que nous nous trompions. Le Sauveur n'est pas tel que nous l'attendions. De surcroît, je vois de jour en jour fondre nos bagages et avec eux la troupe des pâtissiers qui les escortaient. Nous allons donc organiser dans le bois de cèdres qui domine la ville un grand goûter nocturne, auquel seront invités les enfants de Bethléem.

Et il distribua les tâches avec un entrain joyeux qui acheva de consterner Siri, de plus en plus convaincu que son maître perdait la tête. Les pâtissiers allumèrent des feux et se mirent au travail. Des odeurs de brioches et de caramel se répandirent bientôt dans les ruelles du village. Il ne pouvait être question à dire vrai d'inviter tous les enfants. On ne voulait pas des parents, et donc, il fallait exclure les tout-petits qui ne pouvaient se déplacer et manger seuls. On décida après discussion de descendre jusqu'à l'âge de deux ans. Les plus jeunes seraient aidés par les aînés.

Les premiers enfants se présentèrent dès que le soleil eut disparu derrière l'horizon. Taor vit avec émotion que ces gens modestes avaient fait de leur mieux pour honorer leur bienfaiteur. Les enfants étaient tous lavés, peignés, vêtus de tuniques blanches, et il n'était pas rare qu'ils fussent coiffés d'une couronne de roses ou de laurier. Taor cherchait vainement à reconnaître les petits chenapans de la veille qui se poursuivaient en hurlant dans les escaliers du village. Très impressionnés par ce bois de cèdres, ces flambeaux, cette vaste table blanche à la vaisselle d'argent et de cristal, ils marchaient la main dans la main jusqu'aux places qu'on leur indiquait. Ils s'asseyaient bien droits sur les bancs, et ils posaient leurs petits poings fermés au bord de la nappe, en prenant garde de ne pas mettre leurs coudes sur la table, comme on le leur avait recommandé.

Sans plus attendre, on leur apporta du lait frais

parfumé au miel, car, c'est bien connu, les enfants ont toujours soif. Mais boire ouvre l'appétit, et on disposa sous leurs yeux écarquillés de la gelée au jujube, du ramequin de fromage blanc, des beignets d'ananas, des dattes fourrées de noix, des soufflés de litchis, des galettes de frangipane, et cent autres merveilles.

Taor observait à distance, rempli d'étonnement et d'admiration. La nuit était tombée. Des torches résineuses répandaient une lumière tremblante et dorée. Dans la noirceur des cèdres, la grande nappe blanche et les enfants vêtus de lin formaient une île de clarté. On aurait dit une apparition, un festin d'anges en plein ciel. Un instant, tout le monde se tut. Alors, on entendit dans le silence nocturne d'abord la plainte d'une dame blanche[1], puis un grand cri de douleur qui montait du village invisible.

Les friandises qu'on avait déversées sur la table furent bien vite oubliées quand on vit arriver, sur un brancard porté par quatre hommes, la pièce montée géante, chef-d'œuvre d'architecture pâtissière. C'était, reconstituée en nougatine, massepain, caramel et fruits confits, une miniature du palais de Mangalore avec des bassins de sirop, des statues de pâte de coing et des arbres d'angélique. On n'avait même pas oublié les cinq éléphants du voyage,

---

1. Oiseau de nuit.

modelés dans de la pâte d'amande avec des défenses en sucre candi.

Cette apparition fut saluée par un murmure d'extase, auquel semblèrent répondre, montant des maisons, mille et mille petits cris aigus, comme une sorte de pépiement de poussins qu'on égorge.

Taor tendit une pelle d'or à l'enfant le plus proche, un petit berger aux boucles noires serrées comme un casque. Et sur un geste d'encouragement du prince, il l'abattit sur la coupole de nougatine du palais qui s'effondra dans l'un des bassins.

C'est alors que survint Siri, méconnaissable, maculé de cendre et de sang, les vêtements déchirés. Il se jeta vers le prince, et l'attira par le bras à quelque distance de la table.

— Prince Taor, haleta-t-il, ce pays est maudit, je l'ai toujours dit ! Voici que depuis une heure, les soldats d'Hérode ont envahi le village, et ils tuent, ils tuent, ils tuent sans pitié !

— Ils tuent ? Qui ? Tout le monde ?

— Non, mais cela vaudrait peut-être mieux. Ils paraissent avoir pour instruction de ne s'en prendre qu'aux garçons de moins de deux ans.

— Moins de deux ans ? Les plus petits, ceux que nous n'avons pas invités ?

— Précisément. Ils les égorgent jusque dans les bras de leur mère.

Taor baissa la tête avec accablement. C'était le

coup le plus dur qu'il ait subi depuis son départ. Mais pourquoi, pourquoi ! Ordre du roi Hérode, disait-on. Alors, il se souvint du prince Melchior qui avait plaidé pour que les Rois mages tinssent leur engagement de retourner à Jérusalem rendre compte de leur mission à Hérode. Promesse non tenue. Confiance d'Hérode trahie. Le vieux despote s'était donc vengé. Tous les garçons de moins de deux ans ? Combien cela en ferait-il dans cette population d'autant plus riche en enfants qu'elle était d'ailleurs plus pauvre ? Du moins l'Enfant Jésus, qui se trouvait pour l'heure sur les pistes d'Égypte, échappait au massacre. La rage aveugle du tyran frappait à côté.

Les enfants n'avaient pas remarqué la survenue de Siri. Ils s'étaient enfin animés et, la bouche pleine, parlaient, riaient, se disputaient les meilleurs morceaux. Taor et Siri les observaient en reculant dans l'ombre.

– Qu'ils se régalent tandis que meurent leurs petits frères, dit Taor. Ils découvriront bien assez tôt l'horrible vérité.

Arrêt sur lecture 3

Un récit à part

Nous avons vu que chaque Roi mage est poussé au voyage par une question personnelle : Gaspard s'interroge sur l'amour, Balthazar sur la création artistique. Et chacun trouve à Bethléem la réponse chrétienne à son interrogation. Quant au prince indien Taor, c'est la gourmandise qui le lance vers la Palestine. Mais le récit qui concerne le « Prince du sucre et le Saint du sel » est, à bien des titres, différent des deux autres.

Une autre structure

Taor n'est pas un Roi mage tiré des Évangiles ou de la tradition, ce qui n'empêche pas son histoire de renvoyer à de multiples épisodes de l'Ancien et du Nouveau Testament. Si son récit commence de la même façon, il est beaucoup plus long que les deux autres, en nombre de pages et en durée. Il est même divisé en quatre sortes de chapitres ne comportant pas de titre. Enfin, dans l'itinéraire du Prince, si Bethléem est une étape cruciale, elle ne constitue pas le but ultime de sa quête, ni sa destination finale, puisque son voyage le pousse au-delà; on ne peut donc donner le même sens à la crèche que dans les deux autres histoires.

Si l'histoire de Taor rassemble les fils de celles de Gaspard, de Balthazar et aussi de Melchior, si elle les prolonge même, leur donnant un éclairage différent, il n'en reste pas moins qu'elle présente de nombreuses difficultés d'interprétation : qu'a voulu montrer l'auteur à travers cette histoire, qu'a-t-il bien pu vouloir dire ?

Une enfance sucrée au palais : un début inattendu
Les portraits des deux rois précédents ont créé des attentes de lecture, ce que vient d'ailleurs renforcer le début semblable de la description de Taor. Mais la suite réserve un effet de surprise et une chute inattendue : que peut-il y avoir, en effet, de plus important pour un roi que les armes, l'or, les femmes, les œuvres d'art, ou les chevaux ? C'est ce que le lecteur se demande et quel étonnement d'apprendre qu'il s'agit des « sucreries » ! Décidément, cette histoire commence, d'emblée, sur un autre ton, dans un nouveau registre.

Un autre continent
L'histoire débute dans un autre monde : en Inde, dans la province du Mangalore, nom bien réel mais dont les sonorités évoquent un jeu de mots : « mange alors ».

À vingt ans, Taor est encore un enfant-roi dont la mère, dénaturée par le pouvoir, assouvit tous les caprices et les frivolités, pour pouvoir mieux le maintenir dans sa dépendance et gouverner à sa place. Au même âge, Balthazar était marié depuis deux ans. Taor n'est qu'un ventre, un enfant « gâté » par les sucreries, capricieux, impatient, habitué à ce que l'on cède au moindre de

Grâce à cette miniature d'origine moghole, vous pouvez faire connaissance avec l'environnement de Taor : les paysages, les animaux, la magnificence, tous les éléments que vous avez découverts dans cette troisième nouvelle.

ses désirs. On a ainsi flatté sa paresse et restreint, de cette manière, ses initiatives et sa curiosité. Taor n'est jamais sorti des limites de son royaume, ni même de son palais.

Mais ce que n'avaient prévu ni la reine mère ni le courtisan Siri Akbar placé auprès de Taor pour le contrôler, c'est qu'un vulgaire loukoum lancerait le prince dans des aventures lointaines et sur des chemins inattendus.

Un loukoum ou plutôt un malentendu... D'une mission

envoyée en Palestine, on lui rapporte que des « prophètes solitaires », dont faisait partie en réalité Jean-Baptiste, prêchent dans le désert « l'invention imminente d'un mets si nourrissant [...] que celui qui en goûterait une seule fois ne voudrait plus rien manger d'autre jusqu'à la fin de ses jours », avec preuve à l'appui : des sauterelles confites dans du miel, première expérience, plutôt concluante, pour le prince du sucré-salé. Comme s'il s'agissait de nourritures terrestres, c'en est assez pour décider le gourmand Taor à partir à la recherche du « Divin Confiseur ». Il part avec la bénédiction de sa mère, qui voit là une occasion rêvée de se débarrasser de lui.

Le temps de l'histoire et le temps dans l'histoire

Taor se lance donc dans un voyage tout autant spirituel que géographique, qui fera de lui un tout autre homme, sans qu'il n'en sache rien au départ.

Au cours de votre lecture, vous avez sans doute remarqué que le temps joue un grand rôle dans cette histoire et que Taor est un éternel retardataire qui manque à chaque fois ses rendez-vous essentiels : avec la crèche, d'abord, avec la Cène, ensuite, le dernier repas que le Christ partage avec ses douze Apôtres avant d'être crucifié. De même qu'il n'a pas participé au grand festin d'Hérode, Taor arrive toujours trop tard pour les grandes occasions. Mais puisque le temps est si important dans la fiction, comment le temps y est-il traité ?

Temps du récit et temps de la narration
Dans une fiction, on distingue deux temps : le **temps du récit**,

qui correspond à la durée accordée aux événements, et le **temps de la narration**, qui s'exprime en nombre de pages.

Dans le récit, certaines scènes peuvent être détaillées, d'autres, au contraire, passées sous silence : on dit alors qu'il y a ellipse. Étudier le **rythme narratif**, c'est étudier le rapport entre ces deux temps. Ainsi, plus le nombre de pages consacrées à la scène est important et plus la durée est courte, plus la scène a été jugée importante par l'auteur.

Étude du rythme narratif
Voici un tableau du rythme narratif du voyage de Taor de Mangalore jusqu'à Bethléem.

Pages	Événements	Indications de temps et de durée	Rythme narratif
118-120	Préparatifs du voyage.	« La veille du départ »	2 pages/ 2 jours
120-121	Départ de Taor de **Mangalore** en direction de l'ouest. Révolte des éléphants : les navires prennent leurs distances.	« Un bel après-midi d'automne » « Sous le vent vif et régulier de la mousson d'hiver » « Dès le premier soir… Le lendemain »	
122-123	Tempête. Yasmina malade. Fin de la tempête. Trois navires se retrouvent mais le *Vahana* reste introuvable. Route vers l'ouest.	« Le dixième jour » « La nuit qui suivit » « Au lever du soleil » « Deux jours de recherche »	4 pages/ 45 jours
123-125	Signaux de détresse du *Bodi*. Mort de *Bodi*, le vieil éléphant.	« à moins d'une semaine du golfe d'Aden » « le lendemain »	

	Abandon du navire.	« abandon du navire »	
125	Arrivée sur l'île **Dioscoride**.	« quarante-cinq jours après avoir quitté Mangalore »	4,5 pages/ 29 jours
126-129	Rencontre avec le Rabbi Rizza : galette salée et thé sucré ; le jardin d'Éden.	« Après un silence prolongé »	
129-130	Les trois navires remontent la mer Rouge vers le nord. Approchent **d'Elath.** Retrouvent le *Vahana*.	« Au bout de vingt-neuf jours » « Ils attendaient depuis trois jours à Elath »	
130	Reprise du voyage vers le nord.		
131-134	La forêt de baobabs. Disparition de Yasmina. Partent à sa recherche puis rencontrent les Baobalis.	« Le jour suivant » « Dès l'aube du lendemain » « À la fin du jour »	
135	La retrouvent : elle est devenue la déesse Baobama.	« Dès le lendemain matin »	
135	Reprennent leur route vers Bethléem.		8 pages/ 5-6 jours
135-138	Passent la nuit à **Etam.** Rencontre avec la caravane royale des trois Rois mages. Taor les interroge sur ce qu'ils ont vu à Bethléem.	« ... s'installèrent pour la nuit » « ... à une journée de marche de Bethléem » « Le soir »	
139	Taor reprend sa route pour Bethléem.	« Dès le lendemain, aux premières lueurs de l'aube »	

Les animaux venus des pays lointains ont toujours intrigué et intéressé les Occidentaux qui les prenaient comme sujets artistiques.

139-140 140-142	Violent orage : Jina tuée par des guêpes. Entrent dans **Bethléem.** Rendez-vous manqué avec « l'homme, la femme, l'enfant » qui seraient partis vers le sud.	« Le lendemain » « On partirait donc vers le sud, mais le surlendemain seulement »	7 pages/ 3 jours
143-145 160	Le goûter du bois de cèdres. Le massacre des enfants par les soldats d'Hérode. Quittent la ville en direction du sud.	« …dès que le soleil eut disparu derrière l'horizon » « La nuit était tombée » « À l'aube »	

À la lecture du tableau, ce ne sont pas les épisodes qui concernent le voyage par mer jusqu'à l'île Dioscoride et le cheminement dans la mer Rouge qui sont le plus développés, quoique les plus longs en durée, mais bien ceux qui concernent la traversée du désert avec l'épisode des Baobalis, et l'arrivée en Palestine, avec la rencontre des mages et le massacre des Innocents, à Bethléem.

Les péripéties du voyage

Le voyage par mer : l'expérience de la perte

Depuis son départ, le voyage de Taor ressemble à une ascèse, c'est-à-dire une série d'épreuves et d'exercices, par lesquels il s'affranchit des biens matériels, à commencer par ses éléphants. Qu'y a-t-il, en effet, de plus incongru, sur un navire, qu'un pachyderme ? Pourtant Taor s'entête à en amener cinq avec lui : ce nombre peut évoquer les cinq sens ou les cinq formes sensibles de la matière. Il prend ainsi le risque de faire périr sa petite préférée, Yasmina. Commence alors pour l'expédition une première expérience de l'enfer, avec la tempête et la perte d'un des éléphants, Vahana (qui signifie le « véhicule » ou la « montagne », en sanskrit). Puis c'est au tour du vieux mâle de l'expédition de périr : Bodi (la « connaissance » ou la « sagesse »), son cadavre est laissé à l'appétit des rapaces, comme si la mort était encore une affaire de repas !

Un thé chez les bédouins : la connaissance du paradis

Par rapport à sa durée, la halte chez le Rabbi Rizza est largement développée : ce simple repas s'étend sur au moins trois pages. C'est qu'elle représente une initiation importante pour le personnage : Taor apprend que pauvreté et majesté ne sont pas nécessairement incompatibles et goûte à la simplicité et la frugalité d'un repas dans le désert. Pour la première fois, Rabbi Rizza l'initie au Paradis, lieu mythique où il n'y avait pas de distinction entre les nourritures terrestres, qui rassasient le corps, et les nourritures spirituelles, qui enrichissent l'esprit. À cause de la méchanceté de l'homme, la parole qui enseigne ne nourrit pas et ce qui nourrit appesantit désormais le corps. Pour y remédier, il faudrait que Dieu revienne sur terre pour donner aux hommes une nourriture divine. Pour Taor, qui ne connaît des nourritures que les terrestres, le sens de ce discours reste obscur, et il assimile encore cette « manne » future à la recette du loukoum à la pistache !

Le pays des baobabs
Surgit alors dans le récit un épisode étrange : celui des Baobalis. Cette étrangeté provient d'abord du fait que les baobabs ne poussent pas là où Taor chemine (aux confins du désert du Sinaï et du Néguev). On les trouve habituellement en Afrique centrale. Michel Tournier a donc certainement de bonnes raisons de les placer là. Et puis cet épisode des baobabs est, comme on l'a vu, longuement développé. Nous pouvons en déduire que nous sommes face à une étape du voyage lourde de sens.
Une forêt d'éléphants ! – Taor débarque en Terre sainte avec quatre de ses éléphants puisqu'il a retrouvé finalement Vahana. Pourquoi ces animaux sont-ils si importants dans l'histoire ? D'abord parce qu'ils portent les richesses du Prince. Ensuite il faut savoir que les éléphants sont des montures divines ou royales en Inde. Le dieu de la connaissance, Ganesha, est un homme à tête d'éléphant. Bouddha choisit de se réincarner sous la forme d'un éléphanteau, blanc comme neige… comme la petite Yasmina, le seul être auquel semble tenir le Prince.

En compagnie de ses éléphants, Taor chemine dans ce lieu de dénuement qu'est le désert, comme le fait aussi Jésus, dans les Évangiles. Il atteint bientôt une forêt d'arbres millénaires qui ressemblent à des éléphants : les baobabs. Taor traverse, avec ses éléphants vivants, un paysage fantastique et fascinant, dans lequel « ils se sentent bien » : une forêt d'éléphants végétaux, mais également un cimetière où les morts retournent à l'incarnation de leurs ancêtres. Dans ce lieu aride marqué par la mort, Taor fait l'expérience de la perte de ce qu'il a de plus cher : sa favorite Yasmina, baobab vivante, est élevée au rang de déesse par les Baobalis.

Le désert tentateur – Pour Jésus, le désert est le lieu de la tentation. Le diable l'y met en demeure d'utiliser ses forces spirituelles à des fins terrestres, comme, par exemple, pour changer les pierres en pain et assouvir sa faim. Jésus résiste ; ce qui n'est pas le cas de Yasmina, qui profite largement de sa situation d'« envoyée des baobabs », pour s'empiffrer de dattes fourrées au miel, aux frais des Baobalis.

Finalement, en laissant Yasmina derrière lui, Taor échappe à la tentation d'honorer de faux dieux et refuse l'animisme, qui consiste à attribuer aux animaux une âme. Quand le prince sort du désert, il ne lui reste plus que trois éléphants – Asura, « l'anti-dieu », Jina, « le vainqueur » et Vahana – soit le chiffre de la Trinité, le chiffre du divin chez les chrétiens : le Père, le Fils et le Saint-Esprit.

La rencontre à Etam avec les Rois mages : l'apprentissage de la responsabilité

Pour la première fois dans le récit, les quatre mages, ceux de la tradition et celui de la fiction, sont réunis. Cet épisode constitue en quelque sorte l'épilogue des deux chapitres précédents. Les

Rois mages révèlent à l'unisson, puis tour à tour, ce qu'ils ont vu. Pour une fois, Melchior, le plus jeune, qu'on n'avait pas entendu jusque-là, prend la parole : ce n'est pas un hasard. Rappelez-vous : dans l'exercice du pouvoir royal, Gaspard et Balthazar ont été dupés, Taor en est détourné par sa mère, mais Melchior, chassé du trône par son oncle, en est carrément privé. Melchior sait ce qu'est un abus de pouvoir ! Il n'est donc pas étonnant que, plus que les autres, il s'interroge sur le pouvoir politique. En toute logique, Melchior est aussi le plus inquiet de la réaction d'Hérode et des conséquences de leurs actes. « Divinement avertis en songe de ne pas retourner auprès d'Hérode, ils se retirèrent dans leur pays », précise l'évangéliste Matthieu. Or les Rois mages s'étaient engagés à revenir faire leur rapport à Hérode. Connaissant le tyran, il y a de quoi appréhender sa réaction. Paradoxalement, le plus jeune des mages pose la question de sa responsabilité dans le cours futur des événements. Est-ce à dire qu'il fallait passer outre l'avertissement de l'archange Gabriel et ne pas obéir au décret divin ? Michel Tournier reconnaît, dans un entretien, qu'il y a là un mystère.

Le massacre des Innocents et le goûter de Dame-Tartine : une prise de conscience

C'est l'esprit rendu confus par toutes ces révélations que Taor se rend à Bethléem. Le prince arrive en retard, à cause des offrandes terrestres dont il s'était chargé. Jina périt, affreusement martyrisé, et provoque la mort de plusieurs personnes. Ils arrivent, enfin, lui et ses deux éléphants, à Bethléem, alors que Marie, Joseph et Jésus sont déjà partis se réfugier en Égypte. Matthieu dit qu'ils ont été pressés par l'archange Gabriel de protéger l'enfant, puisque le roi Hérode cherchait à le faire périr.

Mais, quand bien même il serait arrivé à l'heure à Bethléem,

Taor aurait-il été prêt à recevoir la révélation du divin, lui qui n'en attendait que des nourritures terrestres raffinées ? Toujours est-il que lui, dont le seul souci, jusque-là, était de contenter son palais et de régaler son estomac, commence à ouvrir les yeux et à regarder autour de lui : « les enfants ont faim. » C'est une vraie révolution qui s'accomplit là, dans sa vie : d'autres ventres que le sien existent, des petits ventres affamés ! En offrant généreusement aux enfants de Bethléem un goûter nocturne, digne du palais de Dame-Tartine et des contes de fées, c'est lui, en fait, qui sort de son enfance et se met à devenir un adulte conscient. Jadis si gourmand, il ne participe même pas au repas, mais, « observait [les enfants] à distance », pour mieux admirer ce « festin d'anges ». À Bethléem, Taor n'a pas vu l'enfant Jésus, mais il a reçu la révélation de l'existence des autres. Le prince devient ainsi un autre homme, et la preuve en est qu'il donne à manger aux enfants les images de son ancienne vie : « une miniature du palais de Mangalore » et « les cinq éléphants du voyage, modelés dans de la pâte d'amande avec des défenses en sucre candi ».

Au moment où le prince abat « la coupole de nougatine du palais », Siri annonce que les petits frères de moins de deux ans sont abattus, ceux que Taor n'avait pas invités à la fête, parce qu'ils étaient trop petits, ceux que la tradition appellera les « Innocents ». Ce massacre est un véritable choc pour Taor : « le coup le plus dur qu'il ait subi depuis son départ ». Terrible goûter nocturne. Ainsi s'explique la plainte, inquiétante, « d'une dame blanche, puis un grand cri de douleur », au milieu de l'insouciance et de la joie du festin. La vengeance d'Hérode a frappé. Taor pense aussitôt à protéger les enfants : qu'ils finissent au moins leur festin.

A. S. L. 3

à vous...

La nourriture compte beaucoup dans les précédents contes mais dans le troisième, elle est vraiment au centre de l'histoire.

Retrouver
Retrouvez tous les mets et les recettes, évoqués dans la première partie du conte, et classez-les selon qu'ils sont salés, sucrés, sucrés-salés.
Que signifie « rahat loukoum » ?
Retrouvez dans la fin du conte la fameuse recette du loukoum pour laquelle Taor a entrepris ce si grand voyage.

Chercher
Cherchez dans un dictionnaire le sens ancien du mot « nourriture ».
Dans les deux contes précédents, cherchez deux recettes typiques et indiquez le pays dont elles proviennent.

Faire l'inventaire
Faites l'inventaire de tous les produits culinaires évoqués dans cette première partie.

Se documenter
Dans quels pays trouve-t-on une cuisine qui allie le sucre et le sel en même temps ?

Inventer
Inventez une recette de cuisine où vous mêlerez des aliments de façon inattendue.

TAOR DE MANGALORE
(suite)

À l'aube, les voyageurs traversèrent le village enveloppé d'un silence brisé par des sanglots. Le massacre avait été exécuté par la Légion Cimmérienne d'Hérode, formation de mercenaires au mufle roux, venus d'un pays de brumes et de neiges auxquels le despote confiait ses missions les plus effrayantes. Ils avaient disparu aussi vite qu'ils s'étaient abattus sur le village. Taor détourna les yeux pour ne pas voir des chiens laper une flaque de sang sur le seuil d'une masure.

On ne cessait de descendre, et le terrain était parfois si pentu que les éléphants faisaient crouler des masses de terre grise sous leurs larges pieds. Dès la fin du jour, des roches blanches et granuleuses commencèrent à apparaître. Les voyageurs les examinèrent : c'était du sel. Ils entrèrent dans une maigre forêt d'arbustes blancs, sans feuilles, qui paraissaient couverts de givre. Les branches se cassaient comme de la porcelaine : c'était encore du sel. Enfin, le soleil disparaissait derrière eux, quand ils aperçurent un fond lointain d'un bleu métallique : la mer Morte. Ils préparèrent le camp de la nuit. Un brusque coup de vent rabattit sur eux une puissante odeur de soufre.

– À Bethléem, dit sombrement Siri, nous avons franchi les portes de l'Enfer. Depuis, nous ne cessons de nous enfoncer dans l'empire de Satan[1].

La descente reprit le lendemain au milieu des éboulis et dans une atmosphère de plus en plus épaissie d'odeurs chimiques. Quand ils découvrirent la plage, les hommes se mirent à courir vers l'eau qui paraissait fraîche et pure. Les plus rapides plongèrent en même temps que les éléphants. Ce fut pour en ressortir aussitôt en se frottant les yeux et en crachant avec dégoût. C'est que l'eau de la mer Morte est saturée non seulement de sel, mais de brome, de magnésie et de naphte, une vraie soupe de sorcière qui empoisse la bouche, brûle les yeux, rouvre les plaies fraîchement cicatrisées, et couvre le corps d'un enduit visqueux qui se transforme en séchant au soleil en une armure de cristaux.

Taor, arrivé l'un des derniers, voulut en faire l'ex-

---

[1]. La surface de la mer Morte, qui a environ mille kilomètres carrés (soit deux fois le lac Léman), se trouve à quatre cents mètres au-dessous de celle de la Méditerranée et à huit cents au-dessous de Jérusalem.

périence. Prudemment, il s'assit dans le liquide chaud et il se mit à flotter, comme posé sur un invisible fauteuil, plus bateau que nageur, se propulsant avec ses mains comme avec des rames. En avançant ainsi, il approcha d'énormes champignons blancs qu'il avait pris pour des rochers et qui étaient en réalité des blocs de sel enracinés sur le fond.

On établit le camp sur un rivage jonché de troncs d'arbres usés et blanchis comme des squelettes. Seuls les éléphants paraissaient avoir pris leur parti des bizarreries de cette mer. Enfoncés dans l'eau corrosive jusqu'aux oreilles, ils se douchaient mutuellement avec leur trompe.

La nuit tombait, quand les voyageurs furent témoins d'un petit drame qui les impressionna plus que tout le reste. Venant de l'autre rive, un oiseau noir volait vers eux au-dessus de la mer couleur de plomb. C'était une sorte de râle, un oiseau migrateur qui se plaît dans les marécages. Or sa silhouette qui se détachait sur le ciel phosphorescent semblait voler de plus en plus difficilement et perdre de la hauteur. La distance à franchir était médiocre, mais les gaz empoisonnés qui montaient des eaux tuaient toute vie. Soudain, les battements des ailes s'affolèrent. Les ailes battaient plus vite, mais l'oiseau noir demeurait suspendu sur place. Et tout à coup, il tomba comme une pierre, et les eaux se refermèrent sur lui sans un bruit, sans une éclaboussure.

— Maudit pays ! gronda Siri en s'enfermant dans sa tente. Nous sommes vraiment descendus au royaume des démons. Je me demande si nous en sortirons jamais !

Le malheur qui les frappa le lendemain matin parut lui donner raison. On commença par constater la disparition des deux éléphants. Mais on ne les chercha pas longtemps, car ils étaient là, à portée de voix, sous les yeux de chacun : deux énormes champignons en forme d'éléphant s'étaient simplement ajoutés aux autres champignons de sel. À force de s'arroser mutuellement à l'aide de leur trompe, ils s'étaient enveloppés d'une carapace de sel de plus en plus épaisse, et ils s'étaient alourdis toute la nuit en poursuivant leurs douches. Ils étaient là maintenant, paralysés, étouffés, broyés par la masse de sel, mis en conserve pour des siècles, pour toujours.

Parce qu'il s'agissait des deux derniers éléphants, la catastrophe était irrémédiable. Jusqu'alors, on avait pu répartir sur les animaux restants ce qu'il y avait de plus précieux dans la charge des éléphants perdus. Cette fois, c'était fini. D'énormes quantités de provisions, d'armes, de marchandises durent être abandonnées faute de porteurs. Mais ce qu'il y avait de plus grave, c'était les hommes qui s'apercevaient soudain que les éléphants étaient bien davantage que des bêtes de somme, le symbole du pays natal et de leur fidélité au prince. La veille, c'était encore la caravane du Prince de Mangalore qui avait déployé ses tentes sur les rivages de la mer Morte. Ce matin-là, ce ne fut plus qu'une poignée de naufragés qui se mit en marche vers un salut incertain.

Il leur fallut trois jours pour atteindre la limite sud de la mer. Ils observaient en progressant les rives opposées se rapprocher régulièrement, et ils prévoyaient qu'elles allaient bientôt se rejoindre, quand ils furent arrêtés par un site d'une fantastique tristesse. C'était une ville qui avait dû être magnifique, mais on aurait dit qu'elle avait été foudroyée en un instant, alors qu'elle resplendissait de richesse. Les palais, les terrasses, les portiques, une place immense avec un bassin entouré de statues, des théâtres, des marchés couverts, tout avait fondu comme de la cire molle sous le feu de Dieu. Et cette grande cité-cimetière avait une population de fantômes, des silhouettes d'hommes, de femmes, d'enfants et même d'ânes et de chiens projetées sur les murs, imprimées sur les chaussées, comme par la flamme de cent mille soleils.

– Pas une heure, pas une minute de plus ici ! gémissait Siri. Taor, mon prince, mon maître, mon ami, tu vois : nous venons d'atteindre le dernier cercle de l'enfer. Pourtant, nous ne sommes ni morts ni damnés. Alors partons, allons-nous-en ! Nos navires nous attendent à Elath.

Mais Taor n'écoutait ces supplications que d'une oreille. On aurait dit qu'il entendait en même temps une autre voix qui l'appelait et le retenait dans ce pays depuis le rendez-vous manqué de Bethléem. Certes, tout avait commencé avec un rahat loukoum à la pistache, mais il allait de découverte en découverte, et surtout il pressentait qu'il n'avait rien vu encore en comparaison de ce qu'il lui restait à apprendre dans ce pays terrible et magnifique.

Ils étaient arrivés auprès des ruines d'un temple. Taor gravit quelques marches du parvis, puis il se tourna vers ses compagnons. Il éprouvait une tendresse reconnaissante pour ces hommes de chez lui qui avaient tout quitté pour le suivre dans une aventure à laquelle finalement ils ne comprenaient rien. Il était temps qu'ils sachent, qu'ils décident, qu'ils cessent d'être des enfants irresponsables.

– Vous êtes libres, leur dit-il. Moi Taor, prince de Mangalore, je vous délie de toute obligation envers moi. Esclaves, vous êtes affranchis. Hommes liés par parole ou contrat, vous êtes quittes. Depuis qu'à Bethléem, j'ai vu mourir des enfants, tandis que je régalais leurs frères, j'obéis à une voix que je suis seul à entendre. Nos navires sont prêts à appareiller dans le port d'Elath. Rejoignez-les ou demeurez avec moi. Je ne vous chasse pas. Je ne vous retiens pas. Vous êtes libres.

Puis sans un mot de plus, il revint se mêler à eux. Ils marchèrent longtemps dans des ruelles obscures. Finalement, ils se tassèrent dans l'ancien jardin d'une villa. Des frôlements au ras du sol les avertirent qu'ils avaient dérangé une famille de rats ou un nid de serpents.

Taor dormit plusieurs heures. Il fut réveillé par des pas sonores ponctués de coups de crosses qui retentissaient dans la ruelle. En même temps, une lanterne faisait danser des ombres sur les murs. Puis lueurs et bruits s'éloignèrent. Un peu plus tard, cela recommença, comme s'il s'agissait d'une ronde effectuée par un veilleur. Cette fois pourtant, l'homme entra dans le jardin. Il éblouit Taor en levant sa lanterne. Il n'était pas seul. Derrière lui se dissimulait une autre silhouette. Il se pencha sur Taor. Il était vêtu d'une robe noire sur laquelle tranchait l'extrême pâleur de son visage. Derrière lui, son compagnon attendait, un lourd bâton à la main. L'homme se releva et éclata de rire.

– Nobles étrangers, dit-il, soyez les bienvenus à Sodome !

Et son rire reprit de plus belle. Enfin, il fit demi-tour et il repartit comme il était venu. Pourtant les lueurs dansantes de la lanterne avaient permis à Taor de mieux voir l'homme qui l'accompagnait, et le prince était stupéfait de surprise et d'horreur. Cet homme n'était pas nu, il était écorché. Sur tout son corps rouge, rouge sang, on voyait distinctement les muscles, les nerfs et les vaisseaux frémissants.

Les heures qui suivirent, Taor les passa dans un demi-sommeil traversé de rêves, mais aussi de bruits et de rumeurs : roulements de chars, pas de bêtes sur les pavés, cris, appels, jurons. Finalement, le prince se dressa et regarda autour de lui. Il s'aperçut qu'il n'avait plus qu'un seul compagnon à ses côtés. Siri sans doute ? Il ne pouvait en être sûr, car l'homme dormait enveloppé jusqu'aux cheveux dans une couverture.

Taor lui toucha l'épaule, puis le secoua en l'appelant. Le dormeur émergea de sa couverture et tourna une tête échevelée vers Taor. Ce n'était pas Siri, c'était Draoma, le trésorier-comptable de l'expédition.

– Que fais-tu là ? Où sont les autres ? interrogea le prince.

– Tu nous as rendu notre liberté, dit Draoma. Ils sont partis. En direction d'Elath. À la suite de Siri.

– Qu'a dit Siri pour justifier son départ ?

– Il a dit que cette ville était maudite, mais que tu étais inexplicablement retenu dans ce pays.

– Il a dit cela ? s'étonna Taor. C'est pourtant vrai que je ne peux me résoudre à quitter ce pays sans avoir rencontré... je ne sais même pas qui... Mais toi, pourquoi es-tu resté ? Es-tu le seul qui soit fidèle jusqu'au bout à son prince ?

— Non, Seigneur, non, reconnut Draoma avec franchise. Je serais volontiers parti, moi aussi. Mais je suis responsable du trésor de l'expédition, et il faut que tu prennes connaissance de mes comptes. Je ne peux pas me présenter à Mangalore sans ton cachet. D'autant plus que nos dépenses ont été considérables.

— Ainsi, dès que j'aurai visé tes comptes, tu fuiras toi aussi ?

— Oui, Seigneur, répondit sans honte Draoma. Je ne suis qu'un petit comptable. Ma femme et mes enfants…

— C'est bien, c'est bien, l'interrompit Taor. Tu auras ton cachet. Mais ne restons pas dans ce trou.

Ils partirent ensemble. Taor marchait dans un sentiment de bonheur qu'il n'avait jamais connu. Il avait tout perdu, ses friandises, ses éléphants, ses compagnons. Il ne savait où il allait. Il se sentait ivre de légèreté et de liberté.

Un vague bruit de foule, des blatèrements de chameaux, des coups sourds les attirèrent vers le sud de la ville. Ils débouchèrent sur une place où une caravane se préparait à partir. Les chameaux de bât n'emportaient qu'une seule marchandise, le sel. Mais il affectait deux formes : des plaques rectangulaires translucides – quatre par chameau – et des cônes moulés qui étaient emballés dans des feuilles de palmier.

Taor observait un jeune chamelier qui mettait en

place un savant entrelacs de cordelettes destinées à empêcher la charge de glisser sur le dos de la bête, quand une demi-douzaine de soldats interpellèrent l'homme, et l'entourèrent étroitement. Il y eut une discussion assez vive dont le sens échappa à Taor, puis les soldats encadrèrent le caravanier et l'entraînèrent avec eux. Un homme obèse, portant noué autour de la taille le chapelet à calculer des marchands, suivait la scène de près, et semblait chercher des yeux un témoin pour lui faire partager son indignation. Avisant soudain Taor, il lui expliqua :

– Ce fripon me doit de l'argent, et il s'apprêtait à filer avec la caravane ! Il était temps qu'on l'arrête.

– On l'emmène où ? demanda Taor.

– Devant le juge de mercurie[1] évidemment.

– Et ensuite ?

– Ensuite ? s'impatienta le marchand. Eh bien ! il faudra qu'il me rembourse, et comme il en est incapable, eh bien ! ce sera les mines de sel.

Puis, haussant les épaules devant tant d'ignorance, il courut après les soldats.

Le sel, le sel, toujours le sel ! Taor n'entendait plus que ce mot depuis Bethléem, un mot formé de trois lettres comme blé, vin, mil, riz, thé, nourritures et boissons qui représentent chacune une civilisation. Pourtant, le sel n'était vraiment ni une nourriture, ni

---

1. Le juge chargé des affaires commerciales.

l'eau salée une boisson. C'était un étrange cristal, en vérité, plus proche de la chimie que de la vie, à la fois monnaie d'échange et agent de conservation des viandes et des poissons.

Les soldats et leur prisonnier, toujours suivis du gros marchand, avaient disparu derrière un pan de mur. Taor et son compagnon y découvrirent un étroit escalier dans lequel ils s'engagèrent à leur tour. Ils arrivèrent ainsi dans une belle et grande cave où allait et venait une foule silencieuse. Dans un renfoncement, siégeait le tribunal de mercurie. Taor observait passionnément ces hommes, ces femmes, ces enfants, tous habitants de Sodome, la cité maudite et détruite par Dieu mille ans auparavant. « Il faut croire qu'ils sont indestructibles, pensa-t-il, puisque Dieu lui-même n'en est pas encore venu à bout. » Leur maigreur et l'impression de force qu'ils donnaient les faisaient paraître grands, alors qu'ils ne dépassaient guère la moyenne. Mais on ne sentait en eux ni tendresse ni fraîcheur, même chez les femmes et les enfants. Ils avaient un air de dureté et de sécheresse qui imposait le respect et faisait peur en même temps.

Taor et Draoma s'approchèrent du tribunal où le caravanier allait être jugé. Aux soldats et au plaignant s'étaient joints quelques curieux, mais aussi une femme au visage ravagé par le chagrin, serrant contre sa robe quatre petits enfants.

On se montrait aussi trois personnages vêtus de cuir rouge et veillant sur des outils inquiétants, les bourreaux.

Le juge et ses assesseurs écoutaient à peine les réponses et les contestations de l'accusé.

– Si vous m'emprisonnez, je ne pourrai plus exercer mon métier, et alors comment gagnerai-je de quoi payer ma dette ? disait-il.

– On va te fournir un autre genre de travail, ironisa l'accusateur.

La condamnation ne faisait plus de doute. Les cris de la femme et des enfants redoublèrent. Taor s'avança alors devant le tribunal et demanda la permission de prendre la parole.

– Cet homme a une femme et quatre petits enfants qui seront frappés durement par sa condamnation, dit-il. Les juges et le plaignant veulent-ils permettre à un riche voyageur de passage à Sodome d'acquitter les sommes dues par l'accusé ?

L'offre était sensationnelle, et la foule commença à se masser autour du tribunal. Le président fit signe au marchand de s'approcher, et ils s'entretinrent un moment à voix basse. Puis il frappa du plat de la main sur son pupitre et demanda le silence. Ensuite, il déclara que l'offre de l'étranger était acceptée à condition que la somme soit versée immédiatement.

– De quelle somme s'agit-il ? demanda Taor.

Un murmure d'étonnement admiratif parcourut la

foule. Ainsi, le généreux étranger ne savait même pas à quoi il s'engageait !

Le marchand répondit lui-même à Taor.

– J'abandonne les intérêts dus au retard ainsi que les frais de justice auxquels j'ai dû faire face. J'arrondis la somme à son unité inférieure. Bref, je me tiendrai quitte avec un remboursement de trente-trois talents.

Trente-trois talents ? Taor n'avait aucune idée de la valeur d'un talent, comme aussi bien de celle de toute autre monnaie, mais le chiffre trente-trois lui parut modeste et donc rassurant. Il se tourna tranquillement vers Draoma en prononçant un seul mot : « Paie. »

Toute la curiosité de la foule se concentra alors sur le petit comptable. Allait-il vraiment accomplir le geste magique qui libérerait le chamelier ? La bourse qu'il tira de son manteau parut d'une taille dérisoire.

– Prince Taor, dit-il, tu ne m'as pas laissé le temps de te rendre compte de nos dépenses et de nos pertes. Depuis notre départ de Mangalore, elles ont été énormes. Ainsi lorsque le *Bodi* fut abandonné aux gypaètes...

– Épargne-moi le récit de tout notre voyage, l'interrompit Taor, et dis-moi sans détour combien il te reste.

– Il me reste deux talents, vingt mines, sept drachmes, cinq sicles d'argent et quatre oboles, récita le comptable d'une traite.

Un rire éclatant s'éleva de la foule. Ainsi, ce voyageur si sûr de lui avec ses gestes de grand seigneur n'était qu'un imposteur ! Taor rougit de colère et de honte. Comment ! Il y avait moins d'une heure, il se réjouissait de la liberté et de la légèreté qu'il devait à son dénuement. Et à la première occasion, il se conduisait en prince cousu d'or qui résout tous les problèmes d'un claquement de doigts en direction de son comptable ! Ce chamelier, sa femme, ses enfants, il fallait ou les laisser à leur triste sort, ou s'engager totalement pour eux. Il leva la main pour demander à nouveau la parole.

– Seigneurs juges, dit-il, je vous dois des excuses, et tout d'abord pour ne pas m'être mieux présenté. Je suis Taor Malek, prince de Mangalore, fils du Maharajah Taor Malar et de la Maharani Taor Mamoré. Je n'ai de ma vie touché ni même vu une pièce de monnaie. Talent, mine, drachme, sicle ou obole, ce sont autant de mots que je ne parle ni n'entends. Trente-trois talents, telle serait donc la somme nécessaire pour sauver cet homme ? Et cette somme, je ne l'ai pas. Eh bien ! j'ai autre chose à vous offrir. Je suis jeune, je me porte bien – trop bien peut-être à en juger par mon ventre. Surtout, je n'ai ni femme ni enfant. Solennellement, je vous demande d'accepter que je prenne la place du prisonnier dans vos mines de sel. J'y travaillerai jusqu'à ce que j'aie gagné de quoi rembourser cette somme de trente-trois talents.

La foule avait cessé de rire. L'énormité du sacrifice imposait le silence et le respect.

— Prince Taor, dit alors le juge, tu ne mesurais pas tout à l'heure l'importance de la somme nécessaire au rachat du débiteur. Tu nous fais maintenant une proposition beaucoup plus grave, puisque c'est avec ta vie que tu offres de payer. As-tu bien réfléchi ? N'agis-tu pas par dépit, parce qu'on a ri de toi ?

— Seigneur juge, répondit Taor, le cœur de l'homme est trouble et obscur, et je ne cherche pas trop à savoir ce qui motive ma décision. Le principal, c'est qu'elle soit ferme et irrévocable, et de cela je suis absolument sûr.

— Eh bien ! soit, dit le juge, qu'il soit fait selon ta volonté. Qu'on lui mette les fers !

Les bourreaux s'agenouillèrent aussitôt avec leurs outils aux pieds de Taor. Draoma qui avait toujours la bourse à la main jetait des regards épouvantés à droite et à gauche.

— Mon ami, lui dit Taor, garde cet argent, il te sera utile pour ton voyage. Va ! Retourne à Mangalore où t'attend ta famille. Je ne te demande que deux choses. Premièrement, ne dis pas un mot là-bas de ce que tu viens de voir ni de mon sort.

— Oui, prince Taor, je saurai me taire. Et l'autre chose ?

— Viens m'embrasser, car j'ignore quand je reverrai un homme de mon pays.

Ils s'embrassèrent, puis Draoma s'enfonça dans la foule en essayant de dissimuler sa hâte.

Les bourreaux continuaient à s'affairer aux pieds de Taor. Le prisonnier libéré s'abandonnait aux effusions de sa famille. On allait entraîner Taor, quand il se tourna une dernière fois vers le juge.

– Je sais que je dois travailler pour réunir la somme de trente-trois talents, dit-il. Mais combien de temps faut-il à l'un de vos prisonniers pour y parvenir ?

La question parut surprendre le juge qui s'occupait déjà d'une autre affaire.

– Combien de temps faut-il à un prisonnier saunier pour gagner trente-trois talents ? Mais voyons, c'est clair, trente-trois ans !

Puis il se détourna en haussant les épaules.

Trente-trois ans ! Pratiquement toute une vie ! Taor eut un vertige. Il chancela, et c'est évanoui qu'on l'emporta dans les souterrains des salines.

Le choc du changement de vie était si brutal pour un nouveau venu dans les salines qu'il fallait avant tout l'empêcher de se suicider. On l'enfermait enchaîné dans une cellule, et on le nourrissait au besoin de force avec une canule. Une fois passée la grande crise de désespoir du début, le prisonnier ne devait pas revoir la lumière du jour avant cinq années. Durant cette période, il ne rencontrait que des hommes de la mine soumis aux mêmes conditions de vie que lui. Sa nourriture ne variait jamais : poissons séchés et eau salée. C'est évidemment dans ce domaine que Taor – le prince du sucre – eut d'abord à souffrir le plus cruellement. Dès le premier jour, il eut le gosier enflammé par une soif ardente. Mais ce n'était justement qu'une soif de gorge, localisée et superficielle. Peu à peu elle se calma, mais pour faire place à une autre soif, plus sourde, plus profonde, une soif de tout son corps privé d'eau douce. Cette soif-là, il ne cessait de la sentir brûler en lui, et il savait qu'il lui faudrait des années pour la calmer, s'il était libéré avant sa mort.

Les salines formaient un immense réseau de galeries, salles et carrières souterraines, entièrement taillées dans le sel gemme, véritable ville enterrée, doublement enterrée puisqu'elle se trouvait sous la ville, elle-même souterraine, de Sodome.

Le travail se répartissait entre terrassiers, carriers et tailleurs. Les terrassiers creusaient les mines. Les carriers détachaient des blocs. Les tailleurs débitaient ces blocs en plaques blanchâtres. Grâce à la dureté du sel gemme[1], il n'y avait pas d'éboulements à craindre. Mais le danger existait cependant. Il y avait, en effet, parfois dans le sol des poches de terre glaise liquide. On voyait ainsi à certains endroits des

---

1. Sel extrait de la terre, par opposition au sel obtenu par évaporation de l'eau de mer.

fantômes apparaître dans l'épaisseur des murs. C'était comme des monstres immobiles ayant la forme d'une pieuvre, d'un cheval boursouflé ou d'un oiseau géant. Il arrivait que la poche crève. Alors on entendait comme un coup de tonnerre souterrain, et toute la mine était noyée avec ses ouvriers sous des tonnes d'argile liquide.

Quatre-vingt-dix-sept mines fournissaient leur charge de dalles de sel aux deux caravanes qui quittaient Sodome chaque semaine. Mais il y avait aussi le sel marin récolté dans des bassins qu'asséchait le soleil. Parce qu'il avait lieu en plein air, le travail des marais salants était envié par les hommes des mines souterraines. Certains obtenaient qu'on les y affectât. Mais la plupart du temps, habitués depuis des années à la pénombre des galeries, ils ne supportaient plus le soleil qui leur brûlait la peau et les yeux, et ils devaient retourner au fond. D'autres voyaient leur peau s'user sous l'action du sel. Elle devenait mince et transparente comme celle qui recouvre une plaie fraîchement cicatrisée. Ces hommes qui avaient l'air d'écorchés ne supportaient aucun vêtement, et moins encore les vêtements de la mine rendus râpeux par le sel. On les appelait les « hommes rouges », et c'était l'un d'eux que Taor avait aperçu la nuit de son arrivée à Sodome.

Taor ne devint pas un homme rouge, mais ses lèvres et sa bouche se desséchèrent. Ses yeux s'emplirent de pus qui coulait sur ses joues. En même temps, il voyait fondre son ventre, et son corps devenir celui d'un petit vieux, voûté et ratatiné.

Il vécut d'abord longtemps dans l'immense cave, grande comme une église, où il taillait et grattait les dalles de sel, dans les boyaux humides qui menaient d'un point à un autre, et surtout dans l'étrange salon où il dormait et mangeait avec une cinquantaine d'autres et où les prisonniers avaient employé leurs loisirs à sculpter dans le sel des tables, des fauteuils, des armoires, des niches pour y dormir, et même des faux lustres et des statues.

Plusieurs années passèrent avant qu'il revît la lumière du jour. Ce fut pour participer à la pêche qui fournissait la nourriture des sauniers. Cette pêche était assez bizarre, puisque les eaux de la mer Morte ne permettent aucune vie, ni végétale ni animale. Il s'agissait en réalité de remonter d'abord jusqu'à l'extrémité nord de la mer, celle où se jette le Jourdain. Cela demandait trois jours de marche, puis quatre jours pour revenir avec les couffins de poissons.

Lorsque le Jourdain arrive aux abords de la mer Morte, c'est un petit fleuve allègre, chantant, poissonneux, ombragé d'arbustes pleins d'oiseaux. Ce qui arrive ensuite est affreux. Le fleuve tombe dans une gorge de terre jaune qui le pollue et brise son élan. Les plantes, qui s'acharnent encore à le border, dressent vers le ciel des branches rabougries, déjà confites de sable et de sel. Finalement, la mer Morte n'absorbe qu'un fleuve malade qu'elle digère complètement, puisqu'elle est fermée au sud[1].

À l'embouchure du Jourdain, des vols d'aigles pêcheurs signalent la présence de nombreux poissons. Ce sont ceux du Jourdain des brèmes, des barbeaux, des silures principalement – asphyxiés par les eaux empoisonnées de la mer qui flottent par milliers le ventre en l'air. Les prisonniers s'efforçaient de recueillir avec des filets ces poissons crevés et déjà à demi salés. Il n'était pas rare, au demeurant, qu'ils fussent attaqués par les aigles rendus furieux par cette concurrence sur leur terrain de chasse.

Plus étrange encore était une chasse au harpon à laquelle Taor prenait également part. La barque s'avançait lentement jusqu'au milieu de la mer. Un homme exercé se tenait penché à l'avant et scrutait ses profondeurs sirupeuses avec, à portée de la main, un harpon attaché à une corde. Que guettait-il ainsi ? Un monstre noir et furieux qui ne hante nulle autre mer, le taureau-sans-tête. Soudain, au plus épais du

---

[1]. Jadis les eaux du Jourdain compensaient exactement l'évaporation de celles de la mer Morte, laquelle demeurait ainsi toujours au même niveau. Mais depuis quelques années, les Israéliens détournent, pour irriguer des cultures, une partie des eaux du Jourdain. Il en résulte que le niveau de la mer Morte baisse régulièrement. Son assèchement complet ne peut être exclu. Il est vrai qu'un projet grandiose consisterait à établir une canalisation de 80 kilomètres entre la Méditerranée et la mer Morte. Les 400 mètres de dénivellation permettraient aux eaux de la Méditerranée d'alimenter la mer Morte et d'actionner une usine d'électricité.

liquide métallique, on apercevait son ombre tournoyante qui grossissait rapidement en fonçant sur la barque. Il fallait alors le maîtriser, puis le hisser à bord. Bien entendu, ce n'était pas un être vivant. Il s'agissait simplement de blocs de goudron crachés par le fond de la mer, et qui remontaient à la surface. Ce bitume était précieux à la fois pour calfater les navires, comme produit pharmaceutique et comme marchandise de troc.

Au cours de ces expéditions, Taor s'efforça de retrouver le rivage où il avait nuité avec ses compagnons. Il n'y parvint jamais. Même les deux éléphants de sel – pourtant facilement repérables – semblaient avoir disparu. Tout son passé paraissait effacé à jamais.

Ce passé lui fut rappelé cependant une dernière fois. La sixième mine – celle de Taor – vit arriver un personnage rond comme une boule et tout gonflé de sa propre importance. Il se nommait Cléophante, et se disait confiseur de son métier. Une nuit qu'ils reposaient côte à côte, Taor ne put donc se retenir de lui poser la question.

– Le rahat loukoum… Dis-moi, Cléophante, sais-tu ce qu'est le rahat loukoum ?

Le confiseur sursauta et regarda Taor comme s'il le voyait pour la première fois.

— Pourquoi t'intéresses-tu au rahat loukoum ? lui demanda-t-il.

— Ce serait trop long à raconter.

— Sache donc que le rahat loukoum est une friandise noble, exquise et savante qui ne serait pas à sa place dans la bouche d'un misérable comme toi.

— Je n'ai pas toujours été un misérable, mais sans doute ne me croiras-tu pas si je te dis que j'ai mangé jadis un rahat loukoum, oui, et même à la pistache pour ne rien te cacher. Et je te dirai aussi que j'ai payé, et même assez cher, pour en connaître la recette. Or comme tu me vois, cette recette, je ne l'ai toujours pas trouvée...

Cléophante se rengorgea.

— Sans doute n'as-tu jamais entendu parler de la gomme adragante ? commença-t-il. C'est la sève d'un arbuste de chez nous. Elle gonfle dans l'eau froide, et durcit au contraire en séchant. Les pharmaciens en font des pâtes pectorales, les coiffeurs de la gomina, les blanchisseurs s'en servent pour empeser les chemises. Mais c'est dans le rahat loukoum qu'elle trouve son emploi le plus réussi.

Taor n'écouta guère la recette détaillée du rahat loukoum à la pistache que lui donna alors Cléophante avec un grand luxe de détails. Comme tout cela lui paraissait loin et petit à présent ! Ce rahat loukoum apporté par Siri au palais de Mangalore, ce n'était qu'une minuscule graine. Mais la graine avait germé, elle était devenue un arbre dont les racines avaient bouleversé sa vie en s'y enfonçant, mais dont les fleurs promettaient de remplir tout le ciel.

Les grands bourgeois de Sodome demandaient parfois à l'Administration qu'on leur envoyât des prisonniers sauniers pour effectuer chez eux des travaux de nettoyage, de jardinage ou leur servir de domestiques. C'était une main-d'œuvre docile, gratuite et peu exigeante. C'est ainsi que Taor put découvrir la haute société de la ville. Employé comme serveur ou aide-cuisinier, il observait et écoutait sans qu'on fasse attention à lui. Il avait remarqué ces visages qui souriaient toujours mais ne riaient jamais, ces yeux sans cils dont les paupières ne clignaient jamais, ces nez retroussés par l'insolence, ces bouches aux lèvres minces qui ne savaient que se moquer, et surtout ces deux grandes rides amères qui sillonnaient leurs joues.

Sodome avait été détruite mille ans auparavant parce que ses habitants avaient une façon de s'accoupler que condamnait Yahvé, le dieu des Juifs. Ceci Taor le savait. Mais en quoi consistait exactement cette sorte d'accouplement, il ne put jamais l'apprendre. À ses questions, ses camarades répondaient toujours en ridiculisant sa naïveté. Une fois l'un d'eux lui dit :

– Tout le monde fait doudou par-devant. Les Sodomites, eux, font doudou par-derrière.

Cette phrase avait soulevé de grands rires, mais Taor n'avait pu obtenir aucun éclaircissement. On lui avait raconté en revanche la légende de la femme de Lot. Lot était le seul Sodomite que Yahvé avait prévenu de la prochaine destruction de la ville. Le jour venu, il s'enfuit donc en emmenant sa femme et ses deux filles. Or Yahvé leur avait donné l'ordre de marcher sans se retourner, faute de quoi ils périraient avec les autres. Cet ordre, la femme de Lot ne put le respecter. Elle se retourna pour adresser un dernier adieu à la ville chérie en train de sombrer dans les flammes. Ce geste de tendre fidélité ne lui fut pas pardonné. Yahvé transforma la malheureuse en statue de sel.

Or cette statue de la femme de Lot – le buste tourné en arrière – se trouvait à une faible distance de la ville, et les Sodomites lui rendaient un véritable culte. Chaque année, la fête nationale réunissait la population autour d'elle. Mais il ne se passait pas de jour sans qu'une délégation lui fasse quelque offrande, généralement une rose de sable, une anémone fossile, des violettes de quartz, des rameaux de gypse, ou toute autre variété de la flore de la mer Morte.

À quelque temps de là, la sixième saline vit arriver un nouveau prisonnier. Son teint chaud, son corps musclé et surtout l'horreur qui se lisait dans ses yeux condamnés à la lumière souterraine, tout chez lui indiquait l'homme fraîchement arraché à la terre fleurie et au doux soleil. Les hommes rouges l'entourèrent aussitôt pour le palper et flairer la bonne odeur de vie de surface qu'il portait encore sur lui.

Il s'appelait Démas et venait d'un village du bord du Jourdain. Comme la région est très marécageuse et riche en poissons et oiseaux aquatiques, il vivait de la chasse et de la pêche. Le malheur, c'est que, poussé par l'espoir de prises plus abondantes, il avait descendu le cours du Jourdain, d'abord jusqu'au lac de Génésareth et finalement jusqu'à la mer Morte.

Là, il s'était pris de querelle avec un Sodomite, et lui avait fendu la tête d'un coup de hache. Les compagnons du mort l'avaient fait prisonnier, et emmené avec eux à Sodome.

Taor le prit sous sa protection, l'obligea doucement à se nourrir, et se serra dans sa niche de sel pour qu'il puisse s'étendre près de lui. Ils parlaient des heures entières à mi-voix dans la nuit mauve de la saline, alors qu'ils ne pouvaient trouver le sommeil, bien qu'ils fussent brisés de fatigue.

C'est ainsi que Démas fit allusion à un prédicateur qu'il avait entendu au bord du lac de Tibériade, et que les gens appelaient le Nazaréen. Taor ne dit rien, mais dès cet instant, une petite flamme chaude et brillante dansa dans son cœur, car il comprit qu'il s'agissait de celui qu'il avait manqué à Bethléem et pour lequel il avait refusé de repartir avec ses compagnons. Au fil des nuits, Démas rapportait par bribes tout ce qu'il savait du Nazaréen pour l'avoir entendu raconter ou pour l'avoir vu de ses propres yeux.

Démas évoqua ainsi ce repas de noces à Cana où Jésus avait transformé l'eau en vin. Puis cette vaste foule réunie autour de lui dans le désert qu'il avait nourrie à satiété avec cinq petits pains et deux poissons. Démas n'avait pas assisté à ces miracles. En revanche, il était là, au bord du lac, quand Jésus pria un pêcheur de le mener au large dans sa barque et de jeter son filet. Le pêcheur n'obéit qu'à contrecœur, car il avait peiné toute la nuit sans rien prendre, mais cette fois il crut que son filet allait se rompre tant était grande la quantité de poissons capturés. Cela, Démas l'avait vu de ses yeux et il en témoignait.

– Il me semble, dit enfin Taor, que le Nazaréen ait surtout à cœur de nourrir ceux qui le suivent ?

Car il avait toujours attendu du Sauveur qu'il lui parle de ce qui l'intéressait au premier chef. Or voici que par la bouche du pauvre Démas, Jésus lui contait des histoires de banquet de noces, de pains multipliés, de pauvres rassasiés, à lui, Taor, qui avait quitté son royaume pour une recette, et ne se souciait que de choses qui se mangent.

Mais il n'y avait pas que la nourriture. Taor était touché encore plus intimement par les paroles de Jésus, lorsqu'il évoquait l'eau fraîche et les sources jaillissantes, car depuis des années tout son corps hurlait la soif, et il n'avait que de l'eau saumâtre pour tenter de se désaltérer. Aussi, quelle n'était pas son émotion d'homme torturé par l'enfer du sel quand il entendait ces mots :

Quiconque boit cette eau aura encore soif, mais celui qui boira l'eau que je lui donnerai n'aura plus jamais soif. Bien plus, l'eau que je lui donnerai deviendra en son propre cœur une fontaine d'eau vive pour la vie éternelle.

Une nuit enfin, Démas rapporta que Jésus, gravissant la montagne appelée *Cornes d'Hattin,* enseigna les foules en disant :

Bienheureux les doux, car ils posséderont la terre.

– Que dit-il encore ? demanda Taor à voix basse.
– Il dit encore :

Bienheureux ceux qui ont soif de justice, car ils seront désaltérés.

Aucun mot ne pouvait s'adresser plus personnellement à Taor qui souffrait de la soif depuis si longtemps afin que la femme et les enfants du chamelier ne subissent pas d'injustice. Il supplia Démas de répéter et de répéter encore ces mots qui contenaient toute sa vie. Puis il laissa sa tête reposer en arrière sur le mur lisse et mauve de sa niche. Et c'est alors qu'eut lieu un miracle. Oh ! un miracle discret, infime, dont Taor pouvait seul être témoin : de ses yeux brûlés, une larme roula sur sa joue, puis sur ses lèvres. Et il goûta cette larme : c'était de l'eau douce, la première goutte d'eau non salée qu'il buvait depuis plus de trente ans.

– Qu'a-t-il dit encore ? demanda-t-il à nouveau à Démas.
– Il a dit encore :

Heureux ceux qui pleurent, car ils seront consolés.

Démas mourut peu après, décidément incapable de supporter la vie des salines. Et la succession des jours sans nuit reprit, si monotone qu'il semblait qu'elle n'aurait pas de fin

Pourtant un matin, Taor se retrouva seul à la porte nord de la ville. On lui avait donné une tunique de lin, un sac de figues sèches et une poignée d'oboles. Les trente-trois ans de sa dette étaient-ils écoulés? Peut-être. Taor, qui n'avait jamais su calculer, s'en était remis à ses geôliers, et d'ailleurs il avait perdu le sentiment du temps écoulé au point qu'il mêlait tous les événements ayant eu lieu depuis son arrivée à Sodome.

Où aller? Les récits de Démas répondaient : sortir des fonds de Sodome, remonter vers le niveau normal de la vie humaine. Ensuite marcher vers l'ouest et notamment vers Jérusalem où il avait le plus de chances de trouver la trace de Jésus.

Son extrême faiblesse était en partie compensée par sa légèreté. Il flottait à la surface du sol, comme s'il eût été soutenu à droite et à gauche par des anges invisibles. Ce qui était plus grave, c'était l'état de ses yeux. Il y avait longtemps qu'ils ne supportaient plus la lumière du jour. Il déchira le bas de sa tunique et se noua sur le visage un bandeau à travers lequel il voyait son chemin par une mince fente.

Il remonta ainsi ce bord de mer qu'il connaissait bien, mais il lui fallut sept jours et sept nuits pour parvenir jusqu'à l'embouchure du Jourdain. À partir de là, il prit la direction de l'ouest, marchant vers le village de Béthanie qu'il atteignit le douzième jour. C'était le premier village qu'il rencontrait depuis sa libération. Après trente-trois années passées avec les Sodomites et leurs prisonniers, il ne se lassait pas de regarder des hommes, des femmes, des enfants ayant l'air humain, évoluant naturellement dans un paysage de verdure et de fleurs, et cette vision était si rafraîchissante qu'il ôta bientôt son bandeau devenu inutile.

Il allait de l'un à l'autre, demandant si on connaissait un prophète du nom de Jésus. La cinquième personne interrogée l'adressa à un homme qui devait être son ami. Il s'appelait Lazare et vivait avec ses sœurs Marthe et Marie-Madeleine. Taor se rendit à la maison de ce Lazare. Elle était fermée. Un voisin lui expliqua qu'en ce 14 Nisan, la Loi commandait aux

Juifs de célébrer le festin de Pâques à Jérusalem. C'était à moins d'une heure à pied, et bien qu'il fût déjà tard, il avait des chances de trouver Jésus et ses amis chez un certain Joseph d'Arimathie. Taor se remit en route, mais, au sortir du village, il eut une faiblesse, car il avait cessé de se nourrir. Pourtant, au bout d'un moment, soulevé par une force mystérieuse, il repartit.

On lui avait dit une heure. Il lui en fallut trois, et il n'entra à Jérusalem qu'en pleine nuit. Il chercha longtemps la maison de Joseph que le voisin de Lazare lui avait vaguement décrite. Allait-il une fois encore arriver trop tard, comme à Bethléem? Il frappa à plusieurs portes. Parce que c'était la fête de Pâques, on lui répondait avec douceur malgré l'heure avancée. Enfin, la femme qui lui ouvrit acquiesça. Oui, c'était bien la maison de Joseph d'Arimathie. Oui, Jésus et ses amis s'étaient réunis dans une salle de l'étage pour célébrer le festin pascal. Non, elle n'était pas sûre qu'ils fussent encore là. Qu'il monte s'en assurer lui-même.

Il fallait donc encore monter. Il ne faisait que monter depuis qu'il avait quitté la saline. Mais ses jambes ne le portaient plus. Il monta cependant, poussa une porte.

La salle était vide. Une fois de plus, il arrivait trop tard. On avait mangé sur cette table. Il y avait encore treize coupes, sortes de gobelets peu profonds, munis d'un pied bas et de deux petites anses. Et dans certains, un fond de vin rouge. Et sur la table traînaient des fragments de ce pain sans levain que les Juifs mangent ce soir-là en souvenir de la sortie d'Égypte de leurs pères.

Taor eut un vertige : du pain et du vin ! Il tendit la main vers une coupe, l'éleva jusqu'à ses lèvres. Puis il ramassa un fragment de pain et le mangea.

Alors, il bascula en avant, mais il ne tomba pas. Les deux anges, qui veillaient sur lui depuis sa libération, le cueillirent dans leurs grandes ailes, et, le ciel nocturne s'étant ouvert sur d'immenses clartés, ils emportèrent celui qui, après avoir été le dernier, le perpétuel retardataire, venait de recevoir l'Eucharistie le premier.

Arrêt sur lecture 4

Après Bethléem, contrairement aux trois autres rois, qui sont retournés chez eux sans repasser par Jérusalem, Taor continue son périple et prend la route du sud, à la poursuite de la Sainte Famille (Marie, Joseph et Jésus) partie se réfugier en Égypte. Commence alors pour Taor, ses deux éléphants et sa suite, une descente en Enfer, « dans l'empire de Satan ».

La mer Morte, Sodome : la descente en Enfer

Les enfers dans la littérature

Ce n'est pas la première fois que, dans la littérature, un héros descend aux Enfers. Avant Taor, dans l'Antiquité, deux voyageurs célèbres se rendent au pays des morts : Ulysse, dans le chant VI de l'*Odyssée* d'Homère, puis Énée, dans le chant VI de l'*Énéide* de Virgile. Le premier consulte le devin Tirésias, le deuxième rencontre son père Anchise : dans l'un et l'autre cas, ils souhaitent apprendre la direction future de leur voyage.

Tout autre est la descente en Enfer de l'Italien Dante accompagné du poète Virgile, dans *La Divine Comédie*, œuvre du XIVe siècle. Ils doivent, en effet, parcourir les différents cercles du vaste entonnoir de l'Enfer. Creusé jusqu'au centre de la terre, dépeint comme le réceptacle de tout le mal de l'univers, il permet ensuite de remonter progressivement par le Purgatoire et d'atteindre enfin les sommets du Paradis. La descente aux Enfers, à travers des cercles successifs, est une étape obligée du voyage spirituel qui mènera le héros au Paradis.

La mer Morte : un enfer de sel

Entre les falaises des monts de Moab et de Judée, la mer Morte fascine par le mystère qu'elle semble recouvrir. Elle étend ses eaux bleuâtres sur une surface de neuf cents kilomètres carrés. Sa profondeur ne dépasse guère les 400 mètres, mais à 430 mètres au-dessous du niveau de la mer, elle représente le point le plus bas de toute l'écorce terrestre. Son nom semble lui convenir parfaitement puisque toute vie animale et végétale est absente de ses rives. L'eau est pratiquement saturée de sel : il y en a six fois plus que dans l'Océan. Malgré l'apport du Jourdain (Al Urdan : le « descendeur »), qui y déverse chaque jour des tonnes d'eau chargées de composés nitrés et sulfureux, son niveau reste toujours identique, à cause de l'évaporation de ses eaux. Aujourd'hui, les Israéliens détournent les eaux du Jourdain pour l'irrigation et son niveau a donc tendance à baisser. Privée de débouchés et resserrée dans sa cuvette, elle miroite sous le soleil, accroissant sans cesse ses immenses dépôts chimiques et organiques. Grâce à sa densité, le corps humain y flotte sans effort.

C'est donc au sens propre du terme que Taor et sa suite « descendent », au-dessous du niveau de la mer, sur les rives de la mer

Morte : « on ne cessait de descendre », « le terrain était parfois si pentu », « la descente reprit le lendemain au milieu des éboulis ». Dans un tel paysage de concrétions salines et dans cet univers minéral où toute vie est absente, Siri s'imagine avoir « franchi les portes de l'Enfer », s'« enfoncer dans l'empire de Satan » ou avoir atteint « le dernier cercle de l'Enfer ». « Nous sommes vraiment descendus au royaume des démons », dit-il à son maître.

Les ruines de Sodome et Gomorrhe ou la colère de Dieu

La Genèse raconte que, au temps d'Abraham, se tenaient sur les rives de la mer Morte deux villes : Sodome et Gomorrhe. En raison de l'impiété de leurs habitants et de la perversité de leurs mœurs, elles furent détruites par « le feu du ciel » :

« Yahvé fit pleuvoir sur Sodome et sur Gomorrhe du soufre et du feu venant du ciel. »

Ainsi s'explique la corrosion du paysage de la mer Morte par le sel et l'empoisonnement par le soufre : ce sont des châtiments divins. Sur les instances d'Abraham, Dieu épargna les justes qui habitaient la ville. Ainsi Lot et sa famille purent-ils quitter la ville avant sa destruction, à condition de ne pas se retourner. Parce qu'elle ne respecta pas cet ordre, la femme de Lot fut changée en une statue de sel, comme les deux derniers éléphants de Taor. Avec la perte de ses « [deux] symbole[s] du pays natal » et du précieux chargement qu'ils transportaient, Taor achève de se délester de ses derniers biens matériels. Mais, pour ses ultimes compagnons, l'expédition devient infernale et ils le supplient de revenir au Pays.

Sodome, la ville des changements

Devenir libre et responsable – Pour ses compagnons, Sodome est un enfer, mais pas pour Taor, qui s'amuse à flotter dans la mer Morte et qui juge ce pays « terrible » mais « magnifique ». Cependant, le Prince, capable désormais de se rendre compte des malheurs qu'il occasionne aux autres, veut y remédier : il fait alors le geste extraordinaire d'affranchir ses esclaves et de libérer les autres de leur parole ou de leur contrat, afin qu'ils cessent, pense-t-il, « d'être des enfants irresponsables ». Mais par cette décision, c'est Taor qui cesse d'être un enfant. Il prend conscience que ses compagnons d'aventure menaient une vie d'enfants, puisque c'est lui qui prenait les décisions à leur place. Par ce geste, ce n'est pas seulement à autrui qu'il rend la liberté, mais il se la donne aussi à lui-même. En faisant exister les autres, il retrouve des frères. Michel Tournier dit bien, d'ailleurs, « qu'il revint se mêler à eux », comme s'ils n'étaient plus différents et qu'il n'y avait plus de hiérarchie entre eux.

Découvrir la fraternité – Mais pourquoi, d'un seul coup, Taor agit-il de la sorte ? C'est que, à Sodome, il entend un appel : « une autre voix qui l'appelait et le retenait dans ce pays », une voix à laquelle il obéit et qu'il est le « seul à entendre ». Peut-être qu'à Bethléem, Taor n'a pas fait de rencontre, si ce n'est avec le mal et l'horreur, à Sodome, en revanche, il découvre la fraternité et partage la misère de ses compagnons : tous, en effet, pour la nuit, se tassent « dans l'ancien jardin d'une villa », où ils dérangent une famille de… rats. Lui, le Prince, Taor de Mangalore, dort à terre, au milieu de ses anciens esclaves !

Sodome, le lieu d'une nouvelle identité

Enfin seul ! – À son réveil pourtant, Taor découvre que ses frères ont pris la fuite, seul est resté le trésorier, Draoma, non par affection pour son ancien maître, mais parce qu'il a besoin de sa signature pour pouvoir retourner à Mangalore, après lui avoir rendu les comptes de l'expédition. Taor aurait pu leur en vouloir de leur infidélité, mais il ne fait pas de commentaire sur leur départ : ils ont usé de leur liberté comme ils l'entendaient.

Taor fait alors l'expérience du dénuement total : il a tout perdu, ses biens, ses éléphants et ses compatriotes. Il est seul mais l'auteur écrit qu'il « marchait dans un sentiment de bonheur qu'il n'avait jamais connu », « ivre de légèreté et de liberté ». Ivre de liberté parce que, pour la première fois, en effet, le prince a agi par lui-même et pris des décisions, et, ivre de légèreté, parce qu'au fond, l'esclave, c'était lui-même, alourdi par ses richesses matérielles et les pesanteurs de son pouvoir.

Apprendre à donner – À Bethléem, Taor partage ses bonbons avec les petits affamés. Il a appris à perdre ses biens terrestres et à abandonner son pouvoir temporel, en donnant leur liberté à ses compagnons. Jusqu'à maintenant, sa générosité lui a coûté seulement des biens qui ne lui appartiennent pas. Ce qu'il a donné aux autres, c'est uniquement ce qu'il a reçu. Mais il s'agit déjà d'une belle conquête : le Prince de Mangalore aurait pu tout garder pour lui ! Cependant, il va aller plus loin dans le chemin du don. Il va apprendre, désormais, à donner de sa personne et à engager sa propre vie.

L'amour du prochain – À Bethléem, Taor a déjà ressenti de la pitié pour les enfants amaigris, puis pour ceux dont Hérode assassinait les petits frères. Cette pitié, il la ressent encore, au tribunal, face à cette « femme au visage ravagé par le chagrin, serrant contre sa robe quatre petits enfants », qui vont se retrouver dans la misère, si le père de famille est condamné aux mines de sel pour avoir volé.

Taor, dans les nouvelles dispositions où il est, se sent poussé à réagir. Entraîné spontanément par un élan de générosité, que les chrétiens appellent la charité, c'est-à-dire par l'amour du prochain, Taor veut les sauver.

Emporté par son enthousiasme, et réagissant encore comme un prince à qui tout a été donné, le jeune homme veut rembourser leur dette, sans savoir à quelle somme il s'engage, ni de combien d'argent il dispose encore, sans même connaître la valeur de l'argent. Car Taor n'a jamais « touché ni même vu une pièce de monnaie », ni travaillé pour en gagner !

Mais Taor n'est pas Dieu et il n'est plus le prince « cousu d'or » qu'il pensait être : « [on ne] résout [pas] tous les problèmes d'un claquement de doigts en direction de son comptable ! » Il apprend qu'il est ruiné.

Les mines de sel : comment Taor, fils de son père, devient Malek

Un nouvel homme – La foule, qui s'était massée autour du tribunal, attirée par « l'offre sensationnelle » du voyageur, se met à éclater de rire à l'annonce de sa ruine. « Taor rougit de colère et de honte. » Se passe alors en lui un retournement extraordinaire : il prend la décision d'honorer sa parole et de s'engager totalement pour ces malheureux, en payant de sa vie et de son travail. Sans trop savoir à quoi il s'engage, il prend une décision, dont la fermeté et l'irrévocabilité font du jeune garçon ventru, un homme pleinement responsable de ses choix. D'ailleurs, à travers cet acte absolu et volontaire, il retrouve ses origines et sa filiation. La façon dont il se présente désormais à l'assemblée est à ce titre significative : il n'est plus simplement « le fils de sa maman », mais le prince de Mangalore, le digne « fils du Maharajah Taor Malar et de la Maharani Taor Mamoré ». Mais allons plus loin, Taor, fils de Taor et de Taor, acquiert un nom ou un prénom, comme on veut, et devient Taor Malek, c'est-à-dire une personne à part entière, distincte de ses parents.

Un vrai roi – Ce « Malek » contient toute la richesse des sens du récit et tout le destin du personnage, car selon sa transcription en arabe, « malek » signifie le « roi », ou l'« ange ». À ce moment du récit, Taor devient bien un roi. Il prend un pouvoir symbolique, en redevenant le fils de son père, et en lui succédant. Il devient roi, surtout, en reprenant le pouvoir sur lui-même, abandonnant pour cela son pouvoir sur les autres. Or n'y a-t-il pas non plus une allusion à la fin du conte, quand Taor est emporté au ciel par deux anges ? Ne peut-on pas penser qu'il est devenu un ange, lui aussi ? Mais Taor, pour devenir Malek, paie le prix fort : trente-trois ans de sacrifice, exactement la durée de la vie de Jésus, sous terre, dans les mines de sel.

La recette du rahat loukoum, ou la fin d'un chapitre

Dans ce véritable enfer de la mine, Taor est condamné au feu du sel qui lui dessèche les lèvres et la bouche, lui donne soif, l'enterre dans l'obscurité qui fait que « ses yeux s'emplirent de pus » et le contraint à un travail exténuant qui lui fait « fondre son ventre ». Au bout du compte, le corps de Taor devient celui « d'un petit vieux, voûté et ratatiné ». Taor a perdu son embonpoint, sa chair, sa santé, sa jeunesse et même sa mémoire : « Tout son passé paraissait effacé à jamais. »

Dans la sixième mine, au même niveau où Dante relègue aussi les gens de Sodome, le passé de Taor resurgit. C'est là que le confiseur Cléophante lui délivre la recette du fameux rahat loukoum, la raison d'être de toutes ses aventures. Mais lui qui aurait sûrement tout donné auparavant pour la connaître « ne l'écouta guère ». Sans renier l'objet de sa quête, il se rend compte maintenant que tout cela lui paraît « loin et petit » : Taor est prêt pour une autre aventure de la connaissance. Et, comme pour bien montrer que nous sommes à un tournant de sa vie, Michel Tournier arrête là le chapitre.

Les gens de Sodome

Survient, à ce moment du récit, un court chapitre – deux pages seulement – où le conteur évoque les brefs séjours que Taor effectue à l'air libre, pour le compte des riches de Sodome.

Cette civilisation de Sodome, Michel Tournier l'a inventée : elle n'existe pas dans la Bible. À la parution de la version du livre pour les adultes, l'auteur confie à un journaliste qu'il a eu beaucoup de mal à écrire sur cette civilisation qu'il assimile à celle de l'Enfer, sans la justifier ni l'accabler non plus.

Michel Tournier crée une civilisation
La ville de Sodome, Taor l'a visitée : cité autrefois magnifique, foudroyée par le châtiment divin, elle a désormais l'aspect d'une « cité cimetière », peuplée de « fantômes ». Quant aux Sodomites, Taor les avait déjà rencontrés lors du procès et il les avait observés « passionnément ». Leur existence, en effet, semble être un défi à Dieu. Comment, maudits et détruits par Dieu, peuvent-ils encore survivre ? Par l'impression de force et de dureté qui s'en dégage, ils imposent le respect, mais leur maigreur, leur manque de tendresse entre eux, la sécheresse des femmes et des enfants lui font peur.

Une fois à leur service, il a l'occasion de mieux les observer. Tous se ressemblent étrangement : leurs visages, sculptés par l'insolence, la moquerie et l'amertume, se figent dans un sourire inexpressif et leurs regards, aux paupières sans cils, qui ne clignent jamais, font penser à ceux des statues.

La naïveté de Taor

L'épisode permet à Michel Tournier d'insister sur la naïveté de Taor, et sur son ignorance des choses de l'amour, au point de provoquer le rire de ses camarades par ses questions. Taor est tellement ignorant qu'il ne comprend même pas les explications, pourtant assez claires, d'un camarade sur les mœurs sexuelles des Sodomites. Peut-être son innocence le protège-t-elle des Sodomites. Dans la littérature du Moyen Âge, un personnage lui ressemble : Galaad, chevalier de la Table Ronde et fils de Lancelot. Dans *La Quête du Saint Graal*, œuvre anonyme du XIIIe siècle, les meilleurs des chevaliers du roi Arthur n'avaient pas réussi à rapporter le Graal, malgré leur courage et leur vaillance, parce qu'ils n'avaient pas l'esprit assez pur, ni le corps et l'esprit vierges. Galaad, parce qu'il est pur entre les purs, chaste entre les chastes, est le seul à pouvoir retrouver le Saint Graal, coupe mystique dans laquelle Jésus avait mangé et institué l'Eucharistie, le jour de la sainte Cène, et qui aurait servi à recueillir son sang, lors de sa crucifixion.

L'attitude de Lot

L'évocation de la femme de Lot, le buste tourné en arrière, punie dans sa fidélité au passé, vaut pour un avertissement. En effet, l'auteur place cette description au moment du récit où Taor pourrait se laisser aller aux souvenirs et aux regrets. Les Sodomites rendent un culte à la femme pétrifiée de Lot en lui offrant des fleurs de pierre : ce ne sont pas là les fleurs de l'arbre de vie qui a poussé en Taor et qui promettent « de remplir tout le ciel ».

Jérusalem ou l'ascension vers le Paradis

Le témoignage de Démas : un texte nourri des Évangiles

Démas raconte le monde d'en haut – Pendant que Taor accomplissait sa peine sous la terre et vivait dans une « cave grande comme une église », Jésus répandait la parole de Dieu, au-dessus de lui, en Palestine, et construisait la nouvelle Église. Taor en apprend la bonne nouvelle, « l'évangile », grâce au nouvel arrivé, Démas. Comme Cléophante, ce témoin de la parole de Dieu porte un prénom d'origine grecque, le grec étant la langue dans laquelle sont écrits les Évangiles.

Miracles de la faim et de la soif – Les miracles, évoqués par Démas, premier évangéliste en quelque sorte, sont rapportés par les évangélistes Jean ou Matthieu. Le texte des Évangiles devient même transparent lorsqu'il est cité en italiques par l'auteur. Ici, les italiques sont censés reproduire la parole même de Jésus.

Parmi les miracles accomplis par le « Nazaréen », le « prédicateur », « celui que [Taor] avait manqué à Bethléem et pour lequel il avait refusé de repartir avec ses compagnons », le « Sauveur », Michel Tournier choisit d'évoquer particulièrement ceux qui concernent la nourriture. Ceux-là, en effet, sont plus à même de toucher son personnage, qui « ne se souciait que de choses qui se mangent ». Taor, tourmenté depuis si longtemps par la soif, « boit » la parole de Jésus et la promesse d'une « fontaine d'eau vive » pour l'éternité, différente de l'eau qui étanche la soif du corps !

Avec le sermon sur la montagne, appelé encore les « béatitudes » dans l'Évangile de Matthieu, une parole répond à son attente et à son espoir, et semble avoir été prononcée exprès pour lui et ce qu'il a vécu : « Bienheureux ceux qui ont soif de justice, car ils seront désaltérés. » Taor attend depuis longtemps une parole qui donne un sens à sa vie et qui réponde à ses questions : c'est comme si Jésus s'adressait directement à lui. Alors survient un miracle, un miracle uniquement pour Taor : une larme d'eau douce étanche sa soif.

L'ascension

Remontée de l'enfer – À sa sortie des mines, après trente-trois ans, Taor n'a plus qu'une idée : retrouver Jésus à Béthanie, le village de Lazare, Marthe et Marie-Madeleine, les amis de Jésus. Pour cela, il remonte les cercles de l'enfer comme il les avait descendus : « remonter vers le niveau normal », « remonta ainsi ce bord de mer », « soulevé par une force mystérieuse », « il fallait donc encore monter », « il ne faisait que monter », « il monta cependant » ; toutes les occurrences du verbe « monter » marquent les étapes successives d'une ascension qui le mènera vers le ciel.

Il y parvient le 14 Nisan, premier jour de la célébration de la Pâque juive : en ce premier mois de l'année biblique, les juifs commémorent la sortie d'Égypte des Hébreux, racontée dans l'Exode. Dans la précipitation du départ, le pain n'a pas eu le temps de lever. C'est pourquoi ils consomment, ce jour-là, un pain sans levain qu'on appelle « azyme », et qu'ils sacrifient un agneau en souvenir du sang de celui qui a servi à faire une croix sur la porte des Hébreux, afin de leur éviter le châtiment de Yahvé, réservé aux Égyptiens. Ce jour-là, Jésus s'est rendu à Jérusalem, pour le fêter.

Les nourritures spirituelles – Taor se dirige vers la ville, mais, épuisé, il met plus de temps que prévu, pour y parvenir : il arrive donc après le dernier repas que Jésus a partagé avec ses douze disciples, la veille de sa crucifixion. Pendant ce repas, Matthieu, Marc, Luc racontent que Jésus avait partagé entre ses disciples le pain, en disant : « ceci est mon corps » et qu'il les avait invités à partager la coupe de vin, en disant : « ceci est mon sang ». Il invitait tous les chrétiens à participer à ce partage : « prenez et mangez… et buvez-en tous » et à le réitérer « en souvenir de moi ». Tel est bien l'accomplissement du mystère du « pain de vie », annoncé par Jésus à Capharnaüm. « La chair du fils de l'homme » et « son sang » sont « vraie nourriture » et « vrai breuvage ». Ce sacrement institué par le Christ lors de la Cène se nomme l'Eucharistie. Lors de cette célébration, le corps et le sang du Christ, sous forme de pain et de vin, sont distribués aux chrétiens. Cette nourriture est dite spirituelle.

Taor, qui n'a pas consommé de pain ni de vin depuis si longtemps, en se contentant des restes du repas, participe sans le savoir à la première Eucharistie et à son premier repas spirituel.

Sa quête touche à sa fin : il a bien mérité son paradis ! Il est « emporté » au ciel par deux anges, comme Jésus ressuscité le sera, quarante jours plus tard, lors de son Ascension.

Malek est-il un ange ?

Quand il meurt, Taor ne tombe pas à terre, comme les autres hommes :

> […] il bascula en avant, mais il ne tomba pas.

Un ange, en grec, est « celui qui annonce » : tout au long du récit, Taor répond, en effet, à une voix intérieure, une voix extraordinaire qui lui annonce un message et le pousse, à son insu, vers une quête spirituelle. Son destin ressemble à celui de Jésus :

comme lui, il donne trente-trois ans de sa vie pour les autres ! Il pourrait également faire penser au Bouddha, ce prince originaire du nord de l'Inde, qui quitte sa famille pour tenter de trouver une réponse à l'universelle énigme de la souffrance et de la mort.

Alors l'ascension céleste de Taor serait une apothéose, au sens où les Anciens l'entendaient : une transformation en divinité. Le texte ne dit pourtant pas que Taor devient lui-même un ange. Taor représente plus simplement un homme que son chemin spirituel a amené à être le premier chrétien de l'Église.

à vous...

Tout au long du troisième conte, il est surtout question du goût du sel que Taor apprend à connaître, souvent à ses frais. Qu'il provienne de la mer ou de la terre, le sel est partout présent dans la fin du conte.

Retrouver
Retrouvez le passage où l'auteur donne la définition de ce qu'est le sel.
Quelles sont les deux façons de le récolter ?

Chercher
Quelles sont les propriétés du sel ?
Cherchez une expression dans laquelle le sens du mot est figuré.
Que peut-on en conclure en ce qui concerne les épreuves de Taor par le sel ?

Se documenter
Quel est le symbole chimique du sel ?
Que symbolise le sel, chez les Grecs, les Hébreux et les Arabes ?

Bilans

Des voyages dans le temps et dans l'espace

À travers la lecture des trois contes, Michel Tournier nous a fait faire de bien beaux voyages : dans l'imagination, le temps mais aussi et surtout, dans l'espace.

En vous aidant des cartes (page 17 et ci-contre), situez les lieux où se passe l'histoire et suivez les Rois mages dans leurs différents périples.

La carte générale des voyages
1) Tracez sur la carte le trajet de chacun des Rois mages.
2) Quel est celui qui est le plus près du but de son voyage ?
3) Quel est celui qui vient de plus loin que les autres ?
4) Quelles conséquences cela a-t-il sur leur histoire ?

La carte du monde
1) Dans quels pays actuels se situent les pays des Rois mages ?
2) Comment s'appelle de nos jours le pays où ils se rencontrent ?

La carte de la Palestine au temps de Jésus-Christ
1) Repérez sur la carte les principaux lieux où se passent les trois

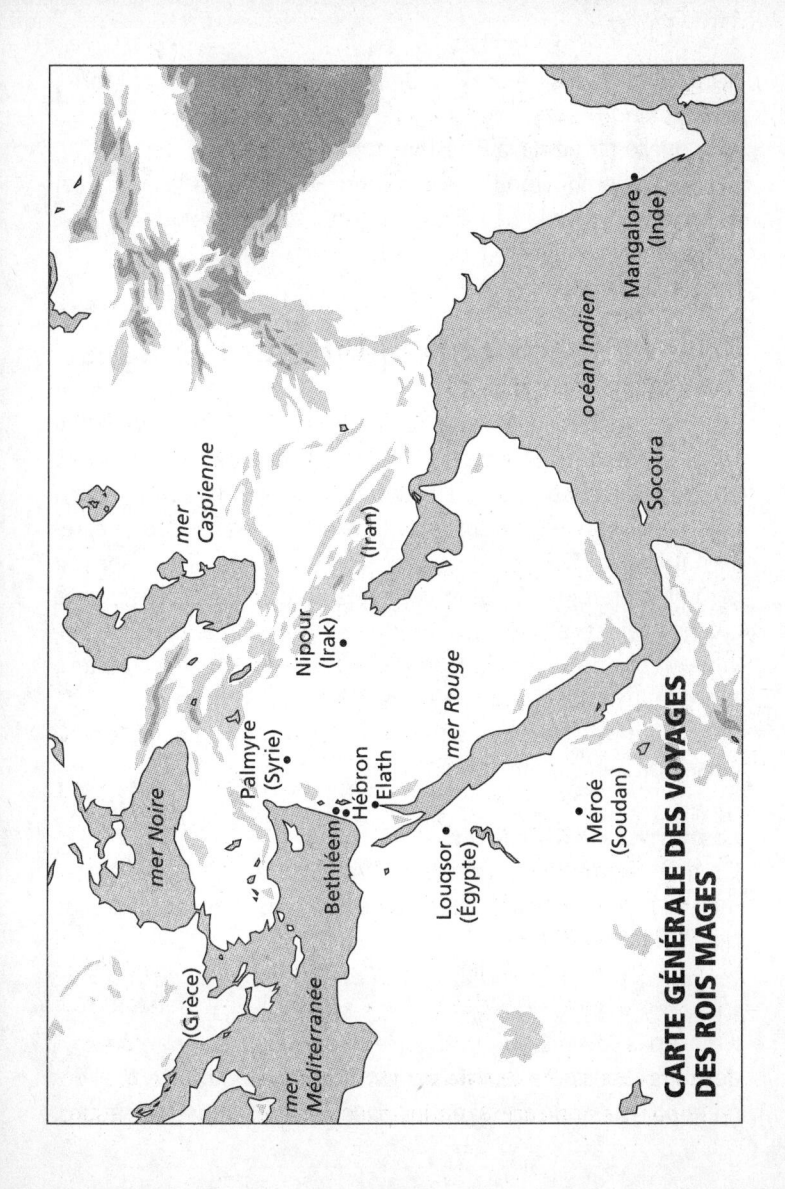

CARTE GÉNÉRALE DES VOYAGES DES ROIS MAGES

histoires : Hébron, Jérusalem, Bethléem, Sodome, la mer Morte, le Jourdain.
2) À quelle partie de la Palestine appartiennent-ils ?
3) « Jérusalem » signifie, en hébreu, « la ville de la paix », et « Hébron », « la ville de l'alliance », vous souvenez-vous de l'étymologie de « Bethléem » et du « Jourdain » ?

Trois cadeaux pour quatre Rois mages

Dans les contes de Tournier, comme dans *Les Trois Mousquetaires* d'Alexandre Dumas, les trois Rois mages sont en fait… quatre ! Dans la tradition, les Rois mages, dont le nombre n'est pas mentionné, apportent à l'Enfant Jésus trois cadeaux, représentatifs de l'Orient : la myrrhe comme à un homme, l'or comme à un roi et l'encens, comme à un dieu. Les bergers de la crèche avaient sans doute apporté des dons alimentaires ou utilitaires comme le lait, le fromage ou la laine. Avec les mages, arrive le luxe, bien inutile dans la circonstance de la crèche, où même le nécessaire vient à manquer… Mais, un cadeau de Noël ne se doit-il pas d'être inutile justement ?

La myrrhe de Balthazar
Gomme aromatique, originaire d'Arabie, fournie par le balsamier, la myrrhe servait à l'embaumement des morts et symbolise par là l'immortalité.

L'or
Il n'est pas spécifié que ce soit Melchior qui offre l'or au petit roi des Juifs. Considéré dans la tradition comme le plus précieux des métaux, l'or est un métal parfait. Dans beaucoup de civilisations,

il est identifié, du fait de sa couleur, à la lumière solaire, et c'est la raison pour laquelle l'or a été un des symboles de Jésus. Beaucoup d'artistes chrétiens donnèrent à Jésus-Christ des cheveux blond doré comme à Apollon et placèrent une auréole sur sa tête.

L'encens de Gaspard
L'encens est une résine aromatique, tirée principalement du boswellia, plante d'Arabie et d'Abyssinie, qui dégage par combustion une odeur agréable et forte. Le symbolisme de l'encens relève à la fois de celui de la fumée, de celui du parfum et de celui des résines incorruptibles. Les arbres qui les produisent ont parfois été pris comme symboles du Christ. L'encens est donc chargé d'élever la prière vers le ciel, il associe l'homme à la divinité, le fini à l'infini, le mortel à l'immortel.

Taor, le Père Noël
Taor, le quatrième Roi mage, n'apporte rien au bébé Jésus, car il arrive trop tard, mais, tel le Père Noël, version indienne, traînant des friandises sur ses éléphants, il régale les petits enfants de Bethléem et leur offre un véritable repas de Noël. Comme s'il n'y avait pas loin de la légende des Rois mages à celle du Père Noël !

Le succès des Rois mages dans la peinture

Un sujet d'école
Nous ne pouvons quitter les Rois mages sans évoquer leur succès immense dans l'histoire de la peinture. De Jean Fouquet à Sandro Botticelli et d'Albrecht Dürer à Rubens ou à Nicolas Pous-

sin, le thème de l'« Adoration des mages » est presque devenu un exercice d'école. Rien de plus « pictural », en effet, que le contraste entre la pompe orientale des rois venus de l'Orient opulent et le dénuement de la Sainte Famille, le prosternement du pouvoir temporel devant celui de l'Esprit, l'agenouillement de la vieillesse devant l'enfance.

L'évolution de leur représentation

Dans leur première représentation, les mages sont en costume perse (bonnet phrygien, pantalon, tunique resserrée à la taille par une ceinture). Ce n'est qu'à la fin du Moyen Âge qu'ils adoptent le costume royal avec de longues robes et une couronne. Au fil des siècles, les artistes s'en donnent à cœur joie pour représenter les mages drapés dans de riches étoffes et présentant leurs cadeaux sur une précieuse vaisselle d'orfèvrerie. La représentation classique montre le premier mage agenouillé devant l'Enfant Jésus et le second montrant l'étoile au troisième.

Le tableau de Jérôme Bosch

Voici une adoration des mages de Jérôme Bosch, qui constitue l'une de ses dernières œuvres et qui a été commandée en 1510. Celle-ci se présente sous la forme d'un triptyque ou retable, c'est-à-dire un tableau en plusieurs parties, qui peuvent s'ouvrir et se fermer. Ouvert, le retable présente une adoration des mages dont l'interprétation a fait l'objet de nombreux commentaires.

Observation du tableau

La Vierge et l'Enfant Jésus sont entourés des mages, d'un personnage ambigu et de sa suite. Un grand paysage peint dans un camaïeu de jaune-brun présente différentes scènes animées.

Bilans

L'Adoration des Mages de Jérôme Bosch (vers 1450-1516) est conservée au musée du Prado à Madrid.

Des bergers se dissimulent et épient la scène qui se déroule devant l'étable.

Sur le volet gauche se trouvent au premier plan le donateur et son patron, tandis que Joseph est relégué au fond d'un bâtiment en ruine. Sur le volet droit, se trouvent la donatrice, sa patronne et son attribut. Quand le triptyque est fermé, on peut voir, sur le revers des volets, des personnages agenouillés, devant un autel, et qui sont en train de célébrer la messe, d'où le nom donné : *La Messe de saint Grégoire*. Derrière une sorte de paravent, qui ressemblerait lui-même à un triptyque, se trouve un tableau – mais en est-ce bien un ? –, représentant Jésus après son supplice. Cette scène évoque un miracle au cours duquel Jésus serait apparu au saint pour convaincre de sa présence dans l'eucharistie.

Mais ce qui nous intéresse, pour notre sujet, c'est la partie centrale du triptyque qui représente la scène d'adoration des mages et la façon très particulière dont elle est traitée.

Un certain respect des codes

Ce tableau représente un sujet maintes fois déjà traité avant lui : il obéit donc à des sortes de codes respectant la tradition picturale et biblique.

à vous...

Observez les éléments que vous vous attendez à trouver dans la scène de la crèche.
1) Y a-t-il une étoile ?
2) Comment la Vierge apparaît-elle ?
3) Comment tient-elle l'Enfant Jésus ?

4) Quelle est l'attitude des Rois mages ?
5) Portent-ils des cadeaux ? Lesquels ?
6) Dans quel état se trouve la crèche ?

À la suite de ces observations, vous avez retrouvé des éléments habituels à la représentation de la Nativité, mais certains détails ne vous ont certainement pas échappé : qui manque, par exemple, au tableau ? L'âne est bien là, mais où est le bœuf ? Et Joseph, pourquoi a-t-il été relégué dans un coin, sur un autre volet ? Comment expliquer la présence d'une sorte de quatrième Roi mage, représenté par ce curieux personnage portant couronne et qui semble nu, à peine recouvert par un drapé noué avec négligence ? Est-ce véritablement un Roi mage ? Ou bien le roi Hérode ou encore le diable, comme le suggèrent certains ?

Les jeux des couleurs et des regards
Observez les couleurs. Quelles sont les principales teintes utilisées par le peintre ? Comment sont-elles disposées ? Quels sont les personnages qui peuvent être rassemblés selon une même palette ? Que forment le roi noir vêtu de blanc avec la Vierge, à la robe foncée, portant le bébé sur un linge blanc ?
Observez maintenant les regards de chacun des personnages et demandez-vous dans quelle direction ils portent leurs yeux. N'est-ce pas étonnant que, dans une scène d'adoration de l'Enfant Jésus, aucun personnage ne regarde le bébé ?

Des signes inquiétants et menaçants
Maintenant repérez ce qui peut paraître inquiétant dans cette représentation de la crèche. L'attitude des bergers vous semble-t-elle conforme à la tradition ? Observez l'attitude de la foule qui se présente. Semble-t-elle pacifique ? Regardez les personnages à l'arrière-plan : que font-ils ? La crèche, elle-même, ne vous paraît-elle pas près de s'écrouler ?

> **Une interprétation bien difficile**
> Il n'est pas facile de donner des explications définitives sur cette toile : on a dit qu'il s'agissait peut-être d'Hérode et de son cortège et qu'on pouvait y lire une allusion au massacre des Innocents. Mais rien n'est sûr !
> Ce qu'il faut retenir, c'est que le tableau de Bosch donne moins à voir qu'à réfléchir et invite celui qui le contemple à se poser des questions. Et la crèche, divisée en trois parties qui semblent articulées, n'aurait-elle pas la forme d'un triptyque ? Comme si, de même que dans le conte de Balthazar, le tableau était déjà dans le tableau et que le spectateur pouvait contempler à l'infini le divin qui ne se laisse pas voir directement !

Bibliographie

Pour se documenter...

...sur la Bible
Le Livre de la Bible, tomes 1 et 2, Découverte Cadet, Gallimard jeunesse.
La Bible, textes choisis, La bibliothèque Gallimard, lecture accompagnée par Xavier de Chalendar et Élise Dabouis.
La Bible, Le Livre, les livres, Découverte Gallimard.

...sur la Terre sainte et les Hébreux
Terre de la Bible, Les Yeux de la Découverte, Gallimard jeunesse.
Sur les traces de Moïse, Sur les traces de…, Gallimard jeunesse.
Entre la Bible et l'Histoire, Le peuple hébreu, Découverte, Gallimard.

...sur les sites archéologiques
Atlas de l'archéologie, Gallimard jeunesse.

...sur l'Égypte, le pays de Gaspard
Égypte, Guide Gallimard.
Sur les pas des pharaons, Les racines du savoir, Gallimard jeunesse.
Sur les traces d'Égypte, Sur les traces de…, Gallimard jeunesse.

...sur la Mésopotamie, le pays de Balthazar
Il était une fois la Mésopotamie, Découverte, Gallimard.

...sur l'art grec et égyptien
L'Art grec, Tout l'art, grammaire des styles, Flammarion.
L'Art égyptien, Tout l'art, grammaire des styles, Flammarion.
Lumière de la Grèce, Les Yeux de la Découverte, Gallimard jeunesse.

...sur Pompéi et Herculanum
Pompéi, vie et destruction d'une ville romaine, Les yeux de l'histoire, Gallimard jeunesse.

...sur l'Inde, pays de Taor
La Sagesse du Bouddha, Découverte, Gallimard.

...sur la descente aux Enfers
Sur les traces de Rome, Sur les traces de…, Gallimard jeunesse.
Sur les traces d'Ulysse, Sur les traces de…, Gallimard jeunesse.

Pour lire des récits...

La Ville d'or, de Peter Dickinson, Folio Junior, Gallimard jeunesse.
Les Histoires de la Bible, de Jacqueline Vallon, illustré par Maurice Pommier, albums Gallimard Jeunesse.
Le Bœuf, l'Âne et la Crèche dans *L'Enfant de la haute mer*, de Jules Supervielle, Folio.
Gaspard, Melchior et Balthazar, de Michel Tournier, Folio.
Sept Contes, de Michel Tournier, Folio Junior, Gallimard jeunesse.

Pour voir de beaux tableaux...

Les Rois mages racontés par Michel Tournier, albums Gallimard Jeunesse.
Célébration de l'offrande, de Michel Tournier et Christian Jamet, Albin Michel.
La Nativité, de Jeremy Wood, Grands Thèmes, Réunion des Musées nationaux, Scala.

TABLE DES MATIÈRES

Ouvertures 5

Gaspard de Méroé, Le Roi nègre amoureux 27

Arrêt sur lecture 1 52

Balthazar, Le Roi mage des images 68

Arrêt sur lecture 2 96

Taor de Mangalore, Prince du sucre et Saint du sel 112-146
Il était une fois en Inde...
...Ils découvriront bien assez tôt l'horrible vérité.

Arrêt sur lecture 3 147

À l'aube, les voyageurs traversèrent le village 160-194
enveloppé d'un silence brisé par les sanglots.
...ils emportèrent celui qui, après avoir été le dernier,
le perpétuel retardataire, venait de recevoir l'Eucharistie
le premier.

Arrêt sur lecture 4 195

Bilans 208

Bibliographie 216

Dans la même collection

Collège

La Bible (extraits) (73)
25 Fabliaux (74)
La poésie engagée (anthologie) (68)
La poésie lyrique (anthologie) (91)
Victor Hugo, une légende du 19ᵉ siècle (anthologie) (83)
Homère, Virgile, Ovide - **L'Antiquité** (textes choisis) (16)
Marcel Aymé - **Les contes du chat perché** (contes choisis) (55)
Honoré de Balzac - **La vendetta** (69)
Robert Bober - **Quoi de neuf sur la guerre?** (56)
Évelyne Brisou-Pellen - **Le fantôme de maître Guillemin** (18)
Chrétien de Troyes - **Le chevalier au lion** (65)
Arthur Conan Doyle - **Le chien des Baskerville** (75)
Pierre Corneille - **Le Cid** (7)
Jean-Louis Curtis, Harry Harrison, Kit Reed - **3 nouvelles de l'an 2000** (43)
Didier Daeninckx - **Meurtres pour mémoire** (35)
Alphonse Daudet - **Lettres de mon moulin** (42)
Michel Déon - **Thomas et l'infini** (103)
Régine Detambel - **Les contes d'Apothicaire** (2)
François Dimberton, Dominique Hé - **Coup de théâtre sur le Nil** (41)
Alexandre Dumas - **La femme au collier de velours** (57)
Georges Feydeau - **Feu la mère de Madame** (47)
Émile Gaboriau - **Le petit vieux des Batignolles** (80)
Romain Gary (Émile Ajar) - **La vie devant soi** (102)
William Golding - **Sa Majesté des Mouches** (97)
Jean de La Fontaine - **Fables** (choix de fables) (52)

Eugène Labiche - **Un chapeau de paille d'Italie** (17)
Guy de Maupassant - **13 histoires vraies** (44)
Prosper Mérimée - **Mateo Falcone** et **La Vénus d'Ille** (76)
Molière - **Les fourberies de Scapin** (4)
Molière - **Le médecin malgré lui** (3)
Molière - **Le bourgeois gentilhomme** (33)
Molière - **Les femmes savantes** (34)
Molière - **L'avare** (66)
Molière - **George Dandin** (87)
James Morrow - **Cité de vérité** (6)
Charles Perrault - **Histoires ou contes du temps passé** (30)
Marco Polo - **Le devisement du monde** (textes choisis) (1)
Jules Romains - **Knock** (5)
George Sand - **La petite Fadette** (51)
Robert Louis Stevenson - **L'île au trésor** (32)
Jonathan Swift - **Voyage à Lilliput** (31)
Michel Tournier - **Les Rois mages** (104)
Paul Verlaine - **Romances sans paroles** (67)
Voltaire - **Zadig** (8)

Lycée
Le comique (anthologie série «Registre») (99)
Le didactique (anthologie série «Registre») (92)
L'épique (anthologie série «Registre») (95)
Portraits et autoportraits (anthologie) (101)
Le tragique (anthologie série «Registre») (96)
Le satirique (anthologie série «Registre») (93)
128 poèmes composés en langue française de Guillaume Apollinaire à 1968 (anthologie de Jacques Roubaud) (82)

Guillaume Apollinaire - **Alcools** (21)
Honoré de Balzac - **Ferragus** (10)
Honoré de Balzac - **Le père Goriot** (59)
Honoré de Balzac - **Mémoires de deux jeunes mariées** (100)
Jules Barbey d'Aurevilly - **Le chevalier des Touches** (22)
Charles Baudelaire - **Les Fleurs du Mal** (38)
Charles Baudelaire - **Le spleen de Paris** (64)
Beaumarchais - **Le mariage de Figaro** (28)
Béroul - **Tristan et Yseut – Le mythe de Tristan et Yseut** (63)
Pierre Corneille - **L'illusion comique** (45)
Roald Dahl - **Escadrille 80** (105)
Annie Ernaux - **Une femme** (88)
Gustave Flaubert - **Un cœur simple** (58)
Théophile Gautier - **Contes fantastiques** (36)
André Gide - **La porte étroite** (50)
Goethe - **Faust** (Mythe) (94)
Nicolas Gogol - **Nouvelles de Pétersbourg** (14)
Jean-Claude Grumberg, Philippe Minyana, Noëlle Renaude - **3 pièces contemporaines** (89)
Victor Hugo - **Les châtiments** (13)
Victor Hugo - **Le dernier jour d'un condamné** (46)
Eugène Ionesco - **La cantatrice chauve** (11)
Sébastien Japrisot - **Piège pour Cendrillon** (39)
Alfred Jarry - **Ubu roi** (60)
Thierry Jonquet - **La bête et la belle** (12)
Madame de Lafayette - **La princesse de Clèves** (86)
Jean Lorrain - **Princesses d'ivoire et d'ivresse** (98)
Marivaux - **Le jeu de l'amour et du hasard** (9)
Roger Martin du Gard - **Le cahier gris** (53)

Guy de Maupassant - **Une vie** (26)
Guy de Maupassant - **Bel-Ami** (27)
Henri Michaux - **La nuit remue** (90)
Molière - **Dom Juan – Mythe et réécritures** (84)
Molière - **Le Tartuffe** (54)
Molière - **Le Misanthrope** (61)
Molière - **L'école des femmes** (71)
Michel de Montaigne - **De l'expérience** (85)
Montesquieu - **Lettres persanes** (lettres choisies) (37)
Alfred de Musset - **On ne badine pas avec l'amour** (77)
Raymond Queneau - **Les fleurs bleues** (29)
Raymond Queneau - **Loin de Rueil** (40)
Jean Racine - **Britannicus** (20)
Jean Racine - **Phèdre** (25)
Jean Racine - **Andromaque** (70)
Jean Racine - **Bérénice** (72)
Jean Renoir - **La règle du jeu** (15)
William Shakespeare - **Roméo et Juliette** (78)
Georges Simenon - **La vérité sur Bébé Donge** (23)
Catherine Simon - **Un baiser sans moustache** (81)
Sophocle - **Œdipe roi – Le mythe d'Œdipe** (62)
Stendhal - **Le Rouge et le Noir** (24)
Villiers de L'Isle-Adam - **12 contes cruels** (79)
Voltaire - **Candide** (48)
Émile Zola - **La curée** (19)
Émile Zola - **Au Bonheur des Dames** (49)

Pour plus d'informations :
http://www.gallimard.fr
ou
La bibliothèque Gallimard
5, rue Sébastien-Bottin – 75328 Paris cedex 07

Cet ouvrage a été composé
et mis en pages par Dominique Guillaumin, Paris,
et achevé d'imprimer
sur les presses de l'imprimerie Novoprint
en janvier 2003.
Imprimé en Espagne.

Dépôt légal : janvier 2003
ISBN 2-07-042516-9

13955